地図を広げて

岩瀬成子 Iwase Joko

偕成社

地図を広げて

装丁　名久井直子
人物像　伊藤真生
撮影　井上佐由紀

1

わたしは、さも「なんでもないよ」という顔をしていようと思った。けれども、「さもなんでもない」ふりが、いったいどうしていることなのか、そうしていようと思えば思うほど、しだいにわからなくなった。

わたしはテーブルに残った湯飲みの跡《あと》を台ふきでふいた。窓《まど》にかかっている茱っぱ模様《もよう》のレースのカーテンのかたよりを直した。5ドア冷蔵庫《れいぞうこ》の中にコーラと、飲むヨーグルトと、ミルクティーがちゃんと入っているかどうかを確かめた。それから洗面所《せんめんじょ》の鏡の前に立って、短く切りすぎた前髪《まえがみ》を直した。そのあいだに何度もリビングの壁《かべ》にかかっている時計を見た。

それから、なんでもないふりなんて自分にはまるでできていないことに気づき、そうだ、ただだらっとしていればいいんだ、と低反発クッションを枕《まくら》にして、ソファに寝《ね》そべった。

つけっぱなしのテレビではゴルフ中継《ちゅうけい》をやっていた。画面の中の芝生《しばふ》が、画面の中だからというだけじゃなく、とても遠く感じられた。わたしはゴルフのルールも知らないし、どんな選手が活躍《かつやく》しているのかも知らない。青い空の下に大きく広がっている、きれいに手入れされた芝生《しばふ》がこの国のどこかにほんとうにあるような気がしなかった。そこは、きっと死ぬまで行くことのないほど遠いどこかのような気がする。

お父さんは、遅《おそ》くとも三時ごろまでには帰るよ、と出かけるときに言っていた。もしも荷物が先に届《とど》いたら、四畳半《じょうはん》にぜんぶ運びこんでもらってて。お父さんはそう言うと、このごろかぶるようになったグレーのハンチングをかぶり、会社に行くときのショルダーバッグを肩《かた》からさげて出かけていった。

とっくに三時は過ぎていて、あと十三分で四時になる。

まさか見えたりはしないだろうけど、と思いながら、でもそう思いたったらそうしないではいられなくて、わたしはベランダに出て、下の道路を見た。するとうそみたいに、ちょうどお父さんの車がマンションの駐車場《ちゅうしゃじょう》に入ってこようとしていた。

わたしは部屋にもどるとキッチンに行き、キャビネットから細いラインが描《えが》かれたグラスを三個出した。それからまた三個のグラスをキャビネットにしまった。

わたしはわたしの頭の形にへこんでいるクッションのところにもどって、へこんだ形にあわせて頭をのせ、寝《ね》そべった。

玄関《げんかん》のチャイムが鳴った。そしてすぐに鍵穴《かぎあな》に鍵をつっこむ音がきこえた。わたしは遠い芝生を見ていた。

「帰ったぞ」

お父さんの声がきこえた。つづけて、「さあ、入って入って」とうながす声もして、玄関にもう一人が入ってくる足音がきこえた。

わたしはがまんできずに起きあがった。そして玄関にむかった。

お父さんの横に、弟の圭《けい》が立っていた。ニューヨークヤンキースの帽子《ぼうし》をかぶっている。帽子の下にとがった感じの耳が見えている。緊張《きんちょう》した顔をしている。

「荷物はまだ来てないよ」とわたしは言った。

「あがって」とお父さんに言われて、圭はスニーカーをぬいだ。それからすぐにしゃがんで、ぬいだ白いスニーカーの向きを変えてそろえた。

「こっちだよ。おいでよ」

わたしは待ってなんかいなかったような感じで言った。手まねきすると、圭はすなおについてきた。

「せまいよ、うち。こっちがわたしの部屋で、こっちがお父さんの寝る部屋で」

言いながら廊下《ろうか》を歩いてリビングに圭をつれて入ると、「あとは、この部屋だけだから」と、リビングと間つづきの小さい畳《たたみ》の間をしめした。

うん、と圭《けい》はうなずいた。

あ、こんな言い方じゃ、かえって圭が遠慮《えんりょ》してしまうかも、と気づいて、「だけど、三人だったらこれくらいでじゅうぶんかもね。家賃《やちん》は五万五千円だから安いの。新しく見えるけど古いからね。まえは五万円だったけど、四月にあがったばっかり」と、補足《ほそく》にもならないようなことを言ってしまっていた。

うん、と圭はうなずいて、ぎこちなく笑った。

「あ、そうだ。飲みもの、何がいい？　コーラと、飲むヨーグルトと、ミルクティーがあるんだけど」

「えーと、麦茶ありますか？」

「あー、それはない」とわたしは言った。「買ってこようか？　下の自販機《じはんき》にあるよ」

「わざわざ買いに行かなくていいよ」と、旅行鞄《りょこうかばん》を玄関《げんかん》から畳《たたみ》の間に運びこんでいたお父さんが言った。

「そのリュックもこっちの部屋に」とお父さんにうながされ、圭は背中《せなか》から青いナイロン地のリュックをおろし、敷居《しきい》の上に置いた。

わたしは冷蔵庫《れいぞうこ》からコーラと、飲むヨーグルトと、ミルクティーを出して、食事をするテーブルにならべた。細いラインが描《えが》かれているグラスも出した。

「どれでもいいよ」

「遠慮なんかしちゃだめだ。遠慮してると、鈴《すず》になんでも食われちゃうから」とお父さんが言った。

圭はテーブルに近づくと、少し迷ってからミルクティーに手をのばした。


圭に四年ぶりに会ったのは、二か月まえのお母さんのお葬式《そうしき》だった。圭は小さいときにはぷっくりしていたのに、ひょろっとやせて背がのびていた。首が長いところとまつ毛が長いところは変わっていなかった。

お母さんは仕事中に倒《たお》れたのだ。救急車で病院に運ばれ、すぐ手術を受けたけれど、つぎの日の朝には亡《な》くなってしまった。

お母さんが手術を受けているという連絡《れんらく》は、徳島のおじさんからお父さんに入った。それは夜の十二時過ぎだったらしい。危《あぶ》ないらしい、とおじさんはお父さんに言ったそうだ。

お父さんはビールを飲んだあとだったので、ただちに自分で車を運転して福山にむかうことはできなかった。その時間には新幹線もふつうの電車も動いていなかった。タクシーで、とまではお父さんは考えなかったらしい。お父さんは夜どおし起きていて、五時まえになるとわたしを起こした。お母さんが倒れた、病院で手術を受けている、とだけ、お父さんはわたしに言った。

わたしたちは朝一番の新幹線で福山にむかった。福山に着いて、駅からタクシーで病院にむかうあいだ、お父さんはじっと窓《まど》の外を見ていた。病院に着くと、お母さんはすでに亡《な》くなってしまっていた。途中《とちゅう》、新幹線の中で、お父さんのスマホにおじさんから、亡くなったという知らせが入ったそうだ。でも、デッキでその知らせをきいたお父さんは、そのことをわたしには話さなかった。おじさんも徳島から電車で岡山にむかっている途中に、お母さんにつきそっていたおばあちゃんから知らせを受けたのだ。

霊安室《れいあんしつ》で、横たわるお母さんに会った。四年ぶりだった。包帯で頭を巻《ま》かれたお母さんは疲《つか》れたような顔で目を閉《と》じていた。

お母さん、こんにちは、と心の中で言った。胸《むね》の中が何かでふさがれて息ができない感じがしたけれど、涙《なみだ》は出なかった。

四年まえに、お母さんは圭《けい》をつれて、わたしたちの家を出ていった。そのあと、いつのころからか、わたしは、お母さんはわたしの前からいなくなっただけじゃなくて、死んでしまうんじゃないか、と考えるようになっていた。お母さんが死んだという知らせを受け取る予感でいっぱいになったことが何度もあった。そんなとき、白い毛布の下で目を閉じているお母さんを想像して、わたしは泣いた。お母さんは死ぬまえにわたしに一目会いたかったはずで、会えなかったことを悔《く》やみながら死んだにちがいない、と考えたりした。

何度も頭に描《えが》いたそのことがほんとうに起きてしまったのだった。ほんとうに死んでしまったお母さんを目の前にすると、逆《ぎゃく》に、これはほんとうのことじゃない、という気がした。うそだよねえ、と思った。勝手に考えたことが実際に起きるなんて、そんなことってあるの?と思った。ほんとのほんとに死んじゃうなんて。それは、そんなことを想像したわたしのせい?と思った。まさかね、まさか。わたしは閉じたままのお母さんのまぶたを見つめた。

お父さんは涙を流していた。

おばあちゃんも泣きながら、お父さんに背中《せなか》を丸めておじぎをしていた。おばあちゃんに会うのは五年ぶりか、それ以上かもしれなかった。少しして、おじさんとおばさんと、いとこの翔太《しょうた》くんと妹の美空《みそら》ちゃんが到着《とうちゃく》した。四人に会うのもすごくひさしぶりだった。おじさんもおばさんもわたしに何か言おうとして、でも何も言うことができなくて、おばさんは赤い目をして何度もうなずいていた。

おじさんはまえに会ったときと感じが変わっていた。まえより太っていたし、黒縁《くろぶち》の眼鏡《めがね》をかけていた。翔太くんは体が倍ぐらいになっていた。ずっとまえにいっしょに遊んだことなど忘《わす》れたような顔をしていた。妹の美空ちゃんも初めて会う人を見るような目でわたしを見た。二人はわたしにときどき視線《しせん》をむけたけれど、近づいてはこなかった。

おばさんがわたしのそばに来て、背中《せなか》をなでてくれながら「一目だけでも会えればよかったのにね」と涙声《なみだごえ》で言った。

わたしはどう返事すればいいかわからなくて、だまっていた。

お姉ちゃんが来てくれたよ、とおばあちゃんがそっと圭《けい》の肩《かた》を押《お》してわたしの前に立たせた。

圭は目を上に下に動かし、ちらちらとわたしを見た。

お父さんに肩をたたかれても、おばさんに涙声で話しかけられても、圭は目をきょときょとと動かしているだけだった。

お父さんはおばあちゃんに何度もお礼を言い、何度もあやまっていた。

「ひさしぶり」

わたしは圭に一歩近づいて、言った。

それが病院に着いて、わたしが初めて言った言葉だった。

圭ははっとわたしの顔を見て、「ひさしぶり」と言った。

「小二?」

うん、とうなずいて、「こんど小三」と圭は答えた。

わたしが小三だったとき、お母さんは家を出ていったのだ。

わたしはベッドのお母さんをふり返った。お母さんとはきのうの晩《ばん》もいっしょだったような気がした。お風呂《ふろ》にいっしょに入ったあと、圭と三人でふとんに寝《ね》て、まんなかのお母さんが絵本の『三びきのやぎのがらがらどん』を読んでくれたんじゃなかったか。そのままお母さんだけまだ起きてこないで寝ている。そんな感じだった。

わたしは圭を見て、それから目を細くして、また白いカバーのかかったふとんの下のお母さんを見た。

お母さん、と心の中で呼《よ》びかけてみた。いま、だんだん死んでいってるの？　半分くらいはまだこっちに残っているけれど、だんだんとあっちの世界に移っていってるの？

「お母さんはもう目をさまさないんだよ」とわたしは圭に言った。

「知ってる」

圭もベッドのお母さんを見ていた。圭も泣いてはいなかった。

「あの鳥」

ベランダに出ていた圭が言った。大きい声ではなかった。

わたしもベランダに出てみると、灰色《はいいろ》の鳥が大きく羽ばたきながら、マンションの五階にいるわたしたちの目の高さよりも少し上あたりを遠ざかっていた。

「ゴイサギかな」

つぶやくように圭《けい》は言った。「川んとこで、ときどき見た鳥に似てるけど。まさか、あの川まで飛んでいくのかなあ」

「福山までは行けないんじゃないの」

わたしはゴイサギのことはよく知らないのに言った。

「うん。ぼく、わかってる」

そう言って、圭は部屋に入った。わたしは圭の頭の形がなつかしかった。小さいときと変わっていなかった。

お父さんは床《ゆか》にすわりこんで、段《だん》ボール箱から引っぱりだした圭の衣類を夏物と冬物に分けていた。

運送屋さんが運び入れた大きさがばらばらの、もとはりんごやキャベツなどが入っていたらしい段ボール箱は四個ほどあって、そのうちの二つがあけられていた。

圭の荷物は、お父さんと圭が家に着いて十分もたたないうちに届《とど》けられた。

運ばれてきたもので家具らしいものは勉強机《べんきょうづくえ》に椅子《いす》、それに籐《とう》の箪笥《たんす》だけで、みな畳《たたみ》の間に置かれた。自転車は一階の駐輪場《ちゅうりんじょう》に入れられた。圭のためにおばあちゃんが新しく買いそろえたふとん一組もあった。圭は今夜からその部屋で寝《ね》ることになっていた。

一週間まえにお母さんの四十九日の法要がすんだので、圭はこっちに来て、わたしとお父さんと暮《く》らすことになったのだ。それはお葬式《そうしき》のあと、お父さんとおばあちゃんやおじさんたち、大人だけで話しあって決められたことだった。

圭はうちにもどってくることになったよ、とお父さんからきかされたとき、わたしは、圭の考えをちゃんと確かめたかどうかたずねた。

「いいよって言ってた。それしかないしな。というか、それ以外は考えられないだろう」とお父さんは言った。「うれしくないの?」とお父さんはきき、「うれしいよ」とわたしは答えた。でもなあ、とわたしは思っていた。せっかくむこうで楽しく暮《く》らしていて、友だちだっているはずなのに。だいいち圭は、お父さんやわたしのことをどう思っているのだろう、と思った。離《はな》れていた四年のあいだ、わたしたちは一度も会わなかったのだ。

お母さんは二度ほどわたしに電話をくれたから、圭はお母さんからわたしについて何かきいているのかもしれなかった。

一度目の電話は、お母さんと圭が出ていってからひと月ほどたったころに、お父さんのスマホにあった。

元気にしているの？　ちゃんと朝遅《おく》れずに学校に行ってる?と、お母さんは家にいたときに、わたしに、さっさとお風呂《ふろ》に入りなさい、と言っていたときとおなじ、張りのある口調で言った。けれど、わたしが「してるよ」「大丈夫《だいじょうぶ》だよ」などと返事をすると、急に涙声《なみだごえ》になって、「鈴《すず》、ごめんね」と何度か言い、ごめん、ごめん、と電話を切ったのだった。

二度目のときは、それから一年ほどたった八月のわたしの誕生日《たんじょうび》だった。お父さんはわたしを焼き肉店につれていこうとしていた。玄関《げんかん》でお父さんは電話に出た。お父さんは「あ、どうも」と言ったあと、ちょっととまどったように「じゃあ、ちょっと待って」と言って、わたしにスマホをさしだし、「お母さんだけどな」と問いたげな口調で言った。

「お母さんは鈴のことは忘《わす》れてはいないんだよ。それだけは覚えてて」とお母さんは言った。

「うん」とわたしは返事をした。それから何を話せばいいのかわからないので、だまっていた。お母さんはずっと遠くに行ってしまった人だった。そのころのわたしは、お母さんは行っちゃったんだ、とあきらめてしまおうとしていた。

お母さんはまえの電話とおなじように、ごはん、ちゃんと食べてるの？　学校、ちゃんと行ってる？　風邪《かぜ》とかひいてない？とたずね、わたしがどの問いにも「うん」と短く答えると、じゃあね、と電話を切ったのだった。

そのあと、お母さんから電話がかかってくることはなかった。わたしはしだいに、お母さんはもうすぐ死んじゃうんじゃないか、と思うようになっていた。死んじゃうということがどういうことかもわからずに。

お父さんも、ときどき圭《けい》に電話をしていたのだろうか。圭も、お父さんは死んじゃった、と考えるようになっていたのだろうか。

圭は段《だん》ボールから出した文房具《ぶんぼうぐ》などを勉強机《べんきょうづくえ》の引き出しにとてもていねいにかたづけている。いちばん下の引き出しに絵の具のセットやピアニカを収《おさ》め、その上の引き出しにはマジックや色鉛筆《いろえんぴつ》を入れている。福山の小学校で使っていたまだま新しい教科書もそこに入れた。

「学校の勉強で何が好きなの」

声をかけると、圭はわたしが後ろに立っていることに気づいていなかったらしく、びくっとふり返り、「何?」ときき返した。圭の黒い瞳《ひとみ》がまっすぐにわたしを見た。

「何の勉強が好きなのってきいたんだけど、べつに答えなくていいよ」

「うん」

圭は机にむき直り、それからまたわたしをふり返って「通知表のこと?」ときいた。

「ちがう、ちがう。いいの、勉強のことは。わたしなんか、すでに落ちこぼれかけてるし」

「こぼれる?」

「いいの、いいの」とわたしは言った。「お父さんが言ってたけど、これから焼き肉を食べに行くんだって。あ、圭《けい》はイタリアンがいいのかな」

どっち？と大きい声でお父さんにたずねると、「どっちでもいいよ。圭の好きなほうにしようよ」とお父さんは答えた。

焼き肉店から帰って風呂場《ふろば》のバスタブにお湯をはり、圭にいちばんに入るように言って、温度変更《へんこう》の仕方やシャワーの使い方などを教えていると、リビングの電話が鳴った。お父さんが出たので、圭に「もう入っちゃいなよ」と、そのまま風呂場に残してリビングにもどると、お父さんは「荷物もぜんぶ届《とど》きまして」とていねいな口調で話していた。

電話はおばあちゃんかららしかった。それなら圭もちょっと話がしたいかもしれない、と風呂場にとって返すと、もうお湯の音がきこえていた。

「圭の代わりに鈴《すず》がいますんで」と言って、お父さんがわたしに受話器をさしだした。

「圭くんのことをよろしくお願いね」とおばあちゃんは言った。

「はい」

「鈴ちゃんがとってもしっかりしてそうだったから、おばあちゃんは安心なの。鈴ちゃん、百代《ももよ》に似てきたもんね」

「あー、はい」とわたしは答えた。お母さんに似ているとだれかに言われたことはなかった。お母さんは美容師だったからか、ずっと茶髪《ちゃぱつ》にしていた。お母さんは髪《かみ》を長くのばしていろんなスタイルにセットしていたけれど、わたしが髪を長くしたいよ、と言うと、だめだめ汗《あせ》くさくなっちゃう、と、わたしが思っている長さよりも、いつもずっと短くわたしの髪を切った。

「こんど圭ちゃんといっしょに遊びに来てね」とおばあちゃんは言った。

「はい」と返事したあと、こんな返事ばかりじゃいけない気がして、「泊《と》まりに行ってもいいの？」と言った。

「いいわよ、もちろんよ」

おばあちゃんは笑うような高い声で言った。

「おばあちゃんもこっちに遊びに来てね」とわたしは言った。でも、ほんとうはそんな日は来ないような気がしていた。

「そうね、いつか行くわね。ありがとう」とおばあちゃんは話をあわせてくれた。

受話器をお父さんに渡《わた》してから畳《たたみ》の間をのぞくと、もうふとんがしいてあった。この部屋にずっと圭がいることに慣れようと思った。それはきっと、お母さんと圭が急にいなくなって、お父さんと二人きりになってしまったことに慣れようとしたのより、ずっとかんたんなことのはずだった。それに、まだ実感はわかないけれど、弟といっしょに暮《く》らすのはたぶん楽しいはずだ、と思った。

2

月田とならんで廊下《ろうか》を歩きながら、ちょっと迷ってから「うち、弟が来たんだ」と言った。

「吹井《ふきい》んち、弟がいたんだ」

月田は驚《おどろ》いたふうでもなく、「へー」と言った。「それって、うれしいこと情報なんだよね」

月田はいつもとおなじ低いトーンで言った。

「うん。ひさしぶりだから」

そうか。月田は考え深げな声を出したけれど、でもさらに何かをたずねようとはしないで、下駄箱《げたばこ》から靴《くつ》を出すと、ぱん、といい音をさせて床《ゆか》にほうった。月田のスカートは規則の膝《ひざ》丈《たけ》よりいくぶん短い。

校舎の戸口に置かれている横長の傘立《かさた》てには、ビニール傘が二本と黒い傘が一本、離《はな》れた隅《すみ》に赤と黄色の派手《はで》なチェック柄《がら》の傘が一本立っていた。入学したあとしばらくして、傘が置きっぱなしになっていることに気づいた。四本の傘《かさ》はいつ見てもあった。雨の日は傘立てはほかの傘でいっぱいになったけれど、晴れの日がつづくと、またおなじ四本だけが残った。

わたしは自転車置き場にまわって自転車を出すと、グラウンドに沿《そ》った通学路を歩いている月田を追った。

「部活はあしただったっけ」

追いついてからきいた。

「火、金」と月田は答えた。

月田は先週、美術部に入ったのだ。

「このまえの部活のとき、何をしたと思う？　画用紙に点だけ描《か》いたの。点だけいっぱい。そのまえの、初めて行った日には画用紙に何本も線だけ描いたんだ。まさか修行《しゅぎょう》？と思ったよ。古村《こむら》先生は、線と点があらゆるものの根源《こんげん》だって言ってたけど、根源って何？」

「根源？」

「いいよ、答えなくて。むずかしいことは考えたくないから」

校門まで来ていた。

月田は、じゃあね、と手をあげ、わたしが帰るのとは反対方向の、駅へむかう道を歩いていった。

川村学園中等部におなじ小学校から進学したのは、わたしを入れて三人だけだった。六年生の十月ごろになって、お父さんが「受けるだけ、受けてみれば」と言いだし、わたしも小学校のみんなとは別れたいような気がしていたので、「じゃあ、受けてみる」と答えた。

それから学習塾《がくしゅうじゅく》に入って週四日通いはじめた。試験日まであまり日がなかったので、川村学園の過去問ばかりを集中的に勉強した。だめだろうな、と思っていたのに、うそみたいに受かった。

川村学園はお父さんの母校だったけれど、お父さんが在学していたころにくらべると、受験者数はぐんと減っていて、競争倍率もさがり、いまでは入学がそんなにむずかしい学校ではなくなっていた。三年生は三クラスあるのに一、二年生は二クラスしかなかった。

月田と話すようになったのは入学後一週間くらいしてからだった。

入学式のとき、列にならんで校長先生の話をきいているうちに、だんだん胸《むね》の中に重いものをつめこまれているような気持ちになった。そのあと、いろんな先生が壇上《だんじょう》にあらわれ、そのたびに「ご入学おめでとうございます」と言われているうちに、自分が喜んでいないことに気づいた。

クラスで知っている人はおなじ小学校から来た三原くんという男子だけだった。けれど三原くんにしても、小学校でおなじクラスになったことはなくて、話したこともなくて、ただ顔を見知っているだけだった。

わたしは入学式当日も、そのつぎの日も、そのつぎの日も、だれとも話さなかった。だれかと目があいそうになると、目をそらした。

すぐ後ろの席の女子がぼそぼそとつぶやいているのに気づいたのは、三日目か四日目だった。初めは言葉がききとれなかったけれど、だんだんききわけられるようになった。声は先生の言葉にいちいち言い返していた。担任《たんにん》の白川先生が新学期にあたって、「夢」とか「希望」という言葉を織りまぜながら話をはじめると、後ろから「はあ?」ときこえた。「本気ですか」とか「まさかね」など、小さな声で言い返していた。それが月田だった。

英語の先生が授業の初めに「英語は奥《おく》は深いけれども、けしてむずかしいものじゃありません」と言えば、「それはない」と否定《ひてい》した。「きちんと勉強すればじきに英検三級は取れます」とつづけると、「きちんとって?」と問い返していた。

数学になっても、社会になっても、「いやいや」、「まったまたあ」などとつぶやきはつづいた。

四時間目が終わって、わたしは思いきって後ろをふりむいた。

「なんすかあ」と月田は言った。

月田は前髪《まえがみ》を目にかぶさるくらいのばしていた。そして長い髪は後ろで一つにたばねていた。じゃまになるんで結《ゆ》わえてる、という感じのたばね方だった。

「小学校、どこ？」とわたしはきいた。

「島だから」と、月田は上目づかいにわたしを見た。そして机《つくえ》の横に掛《か》けている鞄《かばん》からお弁《べん》当《とう》を取りだした。

「え？」

「杵島《きねじま》。知ってるよね。杵島の阿香小《あかしょう》。阿香小は知らないか。全校生徒五十三人」

月田は弁当箱をスヌーピー柄《がら》の袋《ふくろ》から出して、ふたをあけた。

「こっちをむいて食べてもいいよ」と月田は言った。

わたしは椅子《いす》の向きを変え、月田の机でお弁当を開いた。

杵島にはたしか、ずっとまえに行ったことがあった。小さかったとき。お父さんとお母さんと弟と、四人で。

「吹井《ふきい》さんは、家、近いの？」と月田はきいた。

「自転車で十五分ぐらい」

「近い」

月田はミートボールを箸《はし》でつまんで口に入れた。「わたしなんか、家を朝六時半には出てるよ。バスで杵島大橋を越《こ》えてJR高野駅まで行って、そこから七時十七分の電車に乗るの。

毎朝よ」

月田はミートボールを入れたままの口で言った。

「たいへんだね」

「すごく。六年間も往復三時間かけて通学するのかと思うと気持ちがめげる。わたし中退するかもしれない」

わたしが笑うと、「冗談《じょうだん》じゃないんだよ。本気で考えてることだから。そのうちわたしが欠席しはじめて、あ、月田、最近休んでるな、と気づいたときには、わたしはもう中退してるから。それがいつかはわかんないけど。つづかなくなったら阿香中《あかちゅう》に編入する。阿香中、うちのすぐそばだから。すぐそばに中学があるのに、わざわざ三時間かけるなんてね。わたし、のせられた、っていうか」

月田も入ったばかりの学校に何も期待していなさそうだった。

小学校のときとおなじように、この学校にもうまくなじめないかもしれない、と考えていたわたしは、月田の白けた態度にちょっと安心した。

あれからひと月たったけれど、月田はまだ一度も学校を休んでいない。「月田」と呼《よ》びすてるようになったのは、月田がわたしを「吹井」と呼びすてにしはじめたからだった。

マンションの駐輪場《ちゅうりんじょう》に自転車を停《と》めてから腕時計《うでどけい》を見ると、いつもより十分ほど早く帰り着いていた。圭がちゃんと家に帰っているかどうかが気になっていた。まだ帰っていなければ、小学校まで迎《むか》えに行こうと思った。ちゃんと帰っているとしても、一人でマンションの鍵《かぎ》をあけて家に入り、まだ自分の家のような感じがしない場所で留守番《るすばん》をしているのは心細いだろうと思った。

圭は四年まえに別れたときと、どことなく感じがちがっていた。知っていると思うのに、圭の中からべつの圭がのびあがってきたみたいな気がした。

エレベーターをおりて、砂《すな》ぼこりでざらついている通路を歩いて家のドアまで行き、鞄《かばん》から鍵を出しかけて、そうだ、と思いついてインターフォンを押《お》した。

しばらく待って、あれ、圭はまだ帰っていないのか、と鍵を鍵穴《かぎあな》に入れかけると、「だれですか」と圭の声がした。

「鈴」と言った。

「わかりました」

圭が内鍵をあける音がした。

「ただいま」と、わたしはドアをあけた。

「うん」

弟はすすっと廊下《ろうか》をすべるようにしてリビングに行った。あとからわたしが部屋に入っていくと、弟はリビングにはいなくて、畳《たたみ》の間にいた。

「何時に帰ってきたの？」

「えーと」

弟はごそごそっとはってリビングに体を半分出して時計を見た。「一時四十分か、四十五分ぐらい」

「道、迷わなかった？」

弟はうなずき、それから勉強机《べんきょうづくえ》についた。机にはノートや教科書が出ていた。

ゆうべ、焼き肉店に行くまえに、お父さんと三人で歩いて小学校まで行った。それはわたしが卒業した小学校だった。途中《とちゅう》、お父さんは「べつの道からでも行けるけど、慣れるまではちょっと遠回りになっても、こっちの大きい通りを行ったほうがいいよ」と言った。「ほら、一筋目《ひとすじめ》のこの道に入るよ」と、まがり角では立ち止まって、圭に周囲の様子を覚えさせた。「圭の足でゆっくり歩いて、二十分もあれば大丈夫《だいじょうぶ》だな」と時間も測っていた。わたしが学校まで自転車で十五分なので、朝はだいたいおなじ時刻《じこく》に家を出ればいいこともわかった。

圭は「ここらへん、まえに来たことがある気がする。なんとなく覚えてる」などと答えていた。

圭の転校の手続きはすでにすませてあったらしいけれど、けさ、お父さんは圭をつれて早めに家を出ていった。

「学校、どうだった？」

わたしは冷蔵庫《れいぞうこ》をのぞいた。麦茶の大きいペットボトルが入っていた。

「あのね、冷蔵庫のものはなんでも飲んでいいし、なんでも食べていいから」

きのうの晩《ばん》、お父さんが圭に言っていたのとおなじことをわたしも言った。

「麦茶、飲む？」

キッチンから出て声をかけると、うん、と圭は椅子《いす》から立ってリビングに来た。

麦茶をグラスに注いで圭に渡《わた》し、「クラスのだれかと話をした？」ときいた。

うーん、と首をかしげ、それから圭は立ったまま麦茶を一息に飲みほした。

「のど、渇《かわ》いてたんだ。がまんしてると、子どもでも熱中症《ねっちゅうしょう》になるよ」

圭はだまってうなずいた。

「あのね、無理に友だちをつくろうとしないほうがいいよ」

「うん」と圭はグラスをテーブルに置いた。

「あれは、きょうもらった教科書？　ぜんぶいっぺんにもらったんだね。重かったでしょ」

わたしは圭の机《つくえ》に積まれているま新しい教科書を指さした。

圭は首をふった。

「名前、書いてあげようか」

「もう書きました」

圭は机のところへ行き、教科書を一冊《さつ》取りあげてわたしに見せた。「吹井圭」とマジックで書かれていた。書き慣れていないせいか「吹」という字が大きい。圭はこのまえまで「茅《かや》下《した》圭」だったのだ。

玄関《げんかん》のチャイムが鳴ったかと思うと、すぐにドアノブががちゃりと音をたてた。

「ドアには鍵《かぎ》」

入ってきたのは巻子《まきこ》さんだった。

白いパンツに空色のゆるい感じのブラウスを着た巻子さんは、いつものように来客用のスリッパははかずに、すたすたと部屋に入ってきた。

巻子さんはいつもいきなりやってきた。巻子さんはお父さんの高校時代からの友人で、うちにひんぱんに来るようになったのは一年ほどまえからだ。わたしが一人でいるところへやってきて、テレビをいっしょに見たり、晩《ばん》ごはんを作ってくれたりする。まるで自分の家にいるみたいにふるまう巻子さんは、ほんとうはお父さんの昔からの友だちじゃなくて、もしかしたら親戚《しんせき》なんじゃないか、とわたしは思っていた。

「あ、あなたがケーちゃん。こんにちは。わたしは和木《わき》巻子といいます。よろしくね」

巻子さんはいつものくだけた口調で言った。

巻子さんはキッチンに行きながら、「オムライスにしようかと思うんだけど。ケーちゃん、オムライスは好き？」と言った。

「はい」と圭はよそゆきの声で答えた。圭はこの家に来てから、よそゆきの顔をまだ完全にゆるめてはいない。

「巻子さんの家は、圭の小学校を通り過ぎてずっと行ったところに犬猫《いぬねこ》病院があるんだけどね、その向かい。そこで絵の教室をやってるの。わたしは巻子さんちに行ったことはまだないけど、家だけは知ってるの。壁《かべ》が空色」

うん、とうなずいて、圭は「テレビ、つけてもいい？」と言った。

「見たいときには勝手に見て。いちいちきかなくていいんだって」

圭はリモコンでテレビをつけ、わたしにうかがうような視線《しせん》をちらっとむけてからソファにすわった。

流しで何かを洗《あら》っている巻子さんは、髪《かみ》をいつものように頭のてっぺんでおだんごにしている。紫色《むらさきいろ》の大小の石がつながったネックレスをしていて、それとおなじ石のピアスをしている。

巻子《まきこ》さんはうちの冷蔵庫《れいぞうこ》のもので何か作ってくれることもあれば、自分で食材を持ってくることもあった。「ささっと作れるものしか作らないから」と言いながら、炊《た》きこみごはんや焼きそばを作ってくれた。いっしょに食べていくこともあったけれど、たいていは食べずに帰っていった。

巻子さんは編み物が趣味《しゅみ》で、いつも何か編んでいた。わたしに七色の糸でセーターを編んでくれた。マフラーも帽子《ぼうし》も編んでくれた。たいていは黄色い自転車に乗ってくるけれど、わたしが去年の秋、週四日塾《じゅく》に通いはじめたときには、自分の軽四を運転して送り迎《むか》えをしてくれた。巻子さんの親切に、最初のころは慣れなかったけれど、いつのまにか、巻子さんが何かしてくれても、いちいち「ありがとう」と言わなくなっていた。

巻子さんは初めてうちに来た日も、一人でいきなりやってきた。お父さんから「和木《わき》さんて人がちかぢか来てくれるから。ベビーシッターってわけでもないけどさ」ときかされていたけれど、驚《おどろ》いた。

「スーちゃんはいつも一人で留守番《るすばん》しているってきいたから、たまにはいっしょにごはんでも食べようかなと思ってさ、来てみたの」と、巻子さんはわたしに言った。

わたしは初めて会う人から「スーちゃん」と呼《よ》ばれて、ちょっと怖気《おじけ》づいた。巻子さんはさげてきたエコバッグからキャベツや豚肉《ぶたにく》のパックを出し、焼きそばを作ってくれた。

二人でむかいあって焼きそばを食べたあと、「わたし、ちょっと編みかけのものがあるから、やるね。スーちゃんは宿題でもしたら」と言って、巻子さんはリュックから編みかけのレースや糸を出し、編み棒《ぼう》をすばやく動かしはじめたのだった。わたしは巻子さんのそばで宿題をした。その日はお父さんが帰ってくるのが遅《おそ》かったけれど、お父さんが帰ってくるまで巻子さんは編み物をつづけ、お父さんが帰ってくると、「さてと、じゃあ、わたしは帰るね」と、編みかけのレースをたたんでリュックに入れ、さっさと帰っていったのだった。


「スーちゃん、まさかダイエットとかしてないよね」と、キッチンから巻子さんが言った。

「してない」

「わかった。それでいいです。ダイエットなんかしちゃだめ。やせてるのが素敵《すてき》なんていうのはうそだから」

まな板で何かきざみながら巻子さんは言った。耳のピアスがゆれている。

「ハーちゃん、きょうは遅いのかな?」と巻子さんが顔をあげた。

「さあ。何もきいてない」

お父さんをハーちゃんと呼ぶのも、たぶん巻子さんだけだ。お母さんは「晴仲《はるのぶ》さん」と呼んでいた。

「きっと早いわよ。ケーちゃんがいるもん。気になって早く帰ってくるよ」

巻子さんはわたしを見てうなずいた。

3

ドアの外でインターフォンを押《お》してしばらく待ったけれど、家の中から圭の声はきこえてこなかった。わたしは鍵《かぎ》をあけて家に入った。

圭はまだ帰っていなかった。学校からいったん帰ったあと、友だちのうちへ出かけたのかもしれない、と畳《たたみ》の間をのぞいてみたけれど、ランドセルはなかった。転校してきて一週間だから、家に遊びに行くほど親しい友だちはまだできてないはずだけど、と思う。

こういうときにスマホがあればいいんだけど、と思った。でも、お父さんは、ときどきテレビなんかで、中高生の多くが携帯《けいたい》電話依存症《いぞんしょう》になっていると伝えているからか、わたしにはスマホはまだ早いと言う。学校でもスマホを持ってくることは禁止されていた。圭もスマホは持っていないから、わたしが持っていたって、いま役に立つはずもないんだけど。お母さんなら、中学生なら持ってもいいと考えただろうか。それともお父さんとおなじように、やっぱり、まだ早いと言っただろうか。

そもそも、お父さんとお母さんはおなじような考え方をしていたんだろうか。お母さんがどんな考え方をする人だったのか、わたしにはわからない。

お母さんと圭がいなくなったあと、わたしは「どうして」とお父さんにたずねた。知りたいことは山のようにある気がしていたのに、わたしが言葉にできたのはそれだけだった。

お父さんは「ひと言では言えないよ」と言った。「お母さんとお父さんの考えがちがってきちゃってな」と言うこともあった。べつのときには、「べつべつの生き方をすることになったからね」とも言った。お父さんはそう言うとき、わたしの顔をではなく、頭の少し上あたりを見て言った。そして言ったあと、無理な感じで笑った。たぶんお父さんにも自分の言葉が足りていないことがわかっていたんだと思う。

四時を過ぎたのに、圭は帰ってこない。道に迷ったのかな、と思って、まさかねと打ち消して、でも、すぐまた道に迷っている姿《すがた》を想像した。

自転車でさがしに行ってみよう、と思った。壁《かべ》の時計の秒針《びょうしん》は、いつからそうなっていたのか、ずっと6と7のあいだを行ったり来たりしているだけだ。それでも時間はちゃんときざんでいる。

自分の部屋でパンツとTシャツに着替《きが》えていると、玄関《げんかん》の鍵《かぎ》があく音がした。

部屋から出ると、圭が玄関で靴《くつ》をぬいでいた。

おかえり。

声をかけたのに、圭はだまって下をむいてわたしの横をすり抜《ぬ》けていった。ニューヨークヤンキースの帽子《ぼうし》の下の顔は何かをがまんしているみたいに見えた。

圭のあとからリビングに行くと、圭は畳《たたみ》の間に入って、リビングとの境のふすまを二枚《まい》としめようとしていた。その横顔は涙《なみだ》を流したあとのように見えた。

ふすまのむこうで、どさっと音がきこえた。ランドセルを床《ゆか》に落としたのだ。

「何かあった？」

返事はなかった。

ふすまのむこうはしんとして、圭が部屋の中で立っているのか、すわっているのかさえもわからない。

きっと何かあったのだ。

わたしは足音を消してソファに近づき、音をたてないように気をつけて腰《こし》をおろした。どう話しかければいいのかわからなかった。わたしはまだ「圭のお姉さん」のようじゃなかったし、わたしと圭のあいだには、いろんなものがはさまっている気がした。

わたしはソファがきしまないように気をつけながら背《せ》もたれに体をあずけた。

ふすまのむこうで、小さく鼻をすすりあげる音がした。わたしにきかれまいとしているような遠慮《えんりょ》した音だ。

胸《むね》が痛《いた》くなりそうだった。体をちぢめかけてから、そうだ、こんなふうにじっと圭をうかがっていると、かえって圭に気づまりな思いをさせてしまう、とやっと気づいた。

わたしは勢いよく立ちあがって、「圭。おいでよ。アイス、食べようよ。ポテトチップもあるよ」と言いながらキッチンに行った。

キャビネットからポテトチップの袋《ふくろ》を取りだしながら、「ピザ味と、塩味と、たこ焼き味があるけど、圭はどれがいいの」と大きい声できいた。

返事はなかった。わたしはピザ味を持ってテーブルに行き、袋をあけた。

「小学生のときにねえ、わたし毎晩《まいばん》、寝《ね》るまえにベッドの中でアイスクリームを一個食べてたんだよお」とふすまにむかってしゃべった。「食べなきゃ眠《ねむ》れなかったの。こんなことしていたらぜったい太る、と思ってもやめられなくてさあ、きょうだけは食べないで寝ようと思っても、目をつむるとどうしてもアイスクリームのことを考えて、ぜんぜん眠くならないの。それでこっそり冷蔵庫《れいぞうこ》にアイスクリームを取りに行って、ベッドの中で食べてたんだ」

そんなことをわたしは五年生ぐらいまでやっていた。

ふすまがあいた。圭が出てきた。

「ポテトチップ食べようよ。まだあと二袋あるよ」

わたしは圭の顔は見ないで言った。

「トイレ」

圭はトイレに行った。

わたしは冷蔵庫から麦茶のペットボトルを出し、二つのグラスに注いだ。

圭はトイレからもどってくるとテーブルの椅子《いす》を引き、「食べていいんですか？」ときいた。

「いいに決まってるよ。この家ん中では、圭のしたいことをしていいんだって」

圭は、うん、と小さくうなずき、それからぎこちなくポテトチップに手をのばした。

4

わたしはベッドの中で、お父さんが玄関《げんかん》を出て外からドアに鍵《かぎ》をかける音をきいていた。きのうの夜、ふとんに入っていた圭に、お父さんはふすまのところから「ほんとうに、あした福山に行かなくていいんだね。もしどうしても行きたいのなら、日曜日にだったら車でつれていってあげられるよ。二時間半ぐらいで着くのがわかったから、日帰りできるし。こんどの日曜日は仕事は休みだから、行こうと思えば行けるけど、どうなの」ときいていた。圭が何か言ったのかもしれなかったけれど、洗面所《せんめんじょ》にいたわたしにはきこえなかった。「ほんとにいいんだね」とお父さんは念を押《お》した。

圭はたぶん「いいです」と答えたのだろう。お父さんは「おやすみ」とふすまをしめた。圭の返事はきこえなかった。

お父さんは小さな新聞社に勤《つと》めている。読んでる人の九十パーセント以上がこの町の住人で、発行部数が数千部のローカル新聞を発行している会社だ。お父さんはそこで記者をしているのだ。八ページの新聞は週六日発行されていて、日曜日は休刊で会社も休みだけれど、たとえ会社が休みでも記者全員が休むわけにはいかないそうで、お父さんもときどき日曜日に出勤《しゅっきん》する。日曜日には市内のあちこちで行事が行われているし、交通事故やときには火事などもあるから、だれかが取材しなければならないのだ。記者は五人いるから五週に一度日曜出勤すればいいはずだけれど、実際にはそういうふうにきちんとまわってくることはめったになくて、二週つづけてのこともあり、七週あいだがあくこともある。

ゆうべ、床《ゆか》にすわりこんでゲーム機で遊んでいた圭はふっとゲーム機から顔をあげると立ちあがって、ゲーム機を持ったまま、茶碗《ちゃわん》を洗《あら》っていたお父さんのそばに行った。「あした、福山に帰っちゃだめですか」と圭はきいた。

お父さんは「え、福山？」と、流していた水を止めた。

「用事？　あ、忘《わす》れものか」とお父さんは言った。

「ちょっと、取りに帰りたいものがあるから」

しだいに声を弱めて、圭はお父さんから一歩離《はな》れた。

お父さんはうかがうように圭を見て「おばあちゃんに送ってもらうこともできるよ」と言った。

「あ、いい。いいです。行かなくても大丈夫《だいじょうぶ》」

圭はまるでしかられでもしたみたいに、ささっともとの場所にもどると、それが癖《くせ》なのか正座《せいざ》をしてゲームをまたはじめた。

リビングに行くと、圭はダイニングテーブルでお父さんが用意していったごはんを食べていた。

「ゆっくり寝《ね》ててもいいのに」

圭は首をすくめ、それからうなずいた。

先週の土曜日も、圭はわたしより先に起きていた。一人でごはんを食べ、食器を洗《あら》って、テレビを見ていた。圭はまるでお客さんのように、お行儀《ぎょうぎ》よく一日中ゲームをするか、テレビを見ていた。

日曜日には、お父さんと三人で買い物に行った。圭のパジャマやTシャツやソックスを買い、文房具《ぶんぼうぐ》も買った。文房具店を出てコインパーキングにむかって歩きだしたとき、圭は「地図が欲《ほ》しいんだけど」と言った。圭が欲しいと言ったのはこの町の地図だった。わたしたちは本屋に行って市街地図を買い、それからファミレスに行って食事をしたのだった。

「福山にいるときも、休みの日は早く起きていたの?」と、わたしはテーブルについて言った。

圭は箸《はし》を持ったまま首をかしげ、「えーと、土曜日も日曜日も、お母さんは仕事だったから。日曜日が休みだったのは第二日曜だけで。あ、でもペリーに変わってからは第三だった」と言った。

わたしはお母さんのことを圭からもっとききたかったけれど、むやみにたずねてはいけない気がしたし、どんなことについて、どんなふうにきけばいいのか、とっかかりが見つからなかった。お母さんについての言葉が自分の中に見つからないだけでなく、いろんな大事な言葉はわたしの中の穴《あな》に落ちこんでしまっていた。一度穴に落ちこんでしまった言葉は引き出すのがむずかしかった。無理やり引き出してみると、思っていた感じとはずいぶんちがう言葉だったりした。

わたしは目玉焼きのお皿にのっていた輪切りのキウイを箸でつまんで口に入れた。キウイは思った以上に酸《す》っぱかった。

「びょういんのびよういん」

パンの最後の一切れを入れた口で圭が言った。

ききかえすと、圭はパンを何度か嚙《か》んでから飲みこみ、「病院の美容院」とゆっくり言った。び、よ、う、い、ん、と一音ずつ発音した。それから、くふっと笑った。

「お母さんはペリー美容院で働くまえは、病院の中の美容室で働いていたので」

ふうん、とわたしは言った。

初めてきく話だった。そのまま病院の美容室で働いていたら、くも膜下《まくか》出血が起きたとき、お母さんはすぐにお医者さんに診《み》てもらえたのに、と考えかけて、でも、そんなことはおばあちゃんもお父さんも、圭もたぶん考えたことだという気がしたから、わたしはそれ以上考えるのはやめた。

圭が食器を洗《あら》うと言ってくれたので、わたしはお父さんがスイッチを入れておいてくれた洗濯機《せんたくき》の中から洗いあがった洗濯物を出してベランダに運んだ。

ベランダに出ると、いまもお祈《いの》りの残りかすみたいなものが残っている気がする。この家に引《ひ》っ越《こ》してきてから当分のあいだ、わたしはベランダで神様にお祈りをしていた。毎日のことをお祈りした。学校でのことをお祈りした。転校した新しい学校は大きな大きな洞窟《どうくつ》みたいな感じがしていたから、飲みこまれませんようにとお祈りした。テストのことや給食のことやドッジボールのことも、うまくいきますようにとお祈りした。だれにも頼《たの》めないことをなんでも神様に頼んでいた。あのね、給食のお豆が食べられないんだけど、こんどはもっとおいしいお豆にしてください、とかも。

洗濯物を半分ほど干《ほ》したとき、インターフォンが鳴った。

ドアまで行ってのぞき穴《あな》をのぞくと、巻子さんが立っていた。

ドアをあけると、「早すぎちゃったけど、こっちに用事があったからその足で来ちゃったの」と言いながら巻子さんは入ってきた。

ケーちゃんは？と言いながら家にあがり、「ケーちゃん、おはよう」と言いながらリビングに入っていった。

「お昼ごはんをいっしょに食べようと思って。でもいくらなんでも早すぎるから、あのね、ちょっとサイクリング、どう？　ケーちゃん、こっちに来て、まだ自転車に乗ってないんじゃないの？　道路に慣れたほうがいいよ。三本桜なんかどう？　行ってみない？　よければ、だけど」

どうする？とわたしが圭にきくと、圭は困《こま》ったように首をかしげて「どっちでもいいです」と答えた。

「行ってみようよ。圭は三本桜のこと、覚えてる？　覚えてないか。川が二つに分かれる土手んところに桜の木があるの。桜の木は三本じゃないよ。もっといっぱい立ってる。圭も行ったことがあると思うけど。どう？　行く？」とわたしは言った。

圭はうなずいた。

先頭を巻子さんが走り、そのあとに圭がつづいた。

中学校に入って初めての中間テストが月曜日と火曜日にある。なのにわたしは、ほとんど試験の勉強をしていなかった。試験があることは一週間まえにはわかっていたことだったし、それよりまえの、一学期の予定表をもらった時点でわかっていたことだった。でも気がつかないふりをして、わたしは毎日をやりすごしていた。勉強をしようと思うと、同時にしたくない気持ちがわいて、二十分くらいで教科書を閉《と》じた。試験日程の発表があってからも、試験なんか気にしていないふりをしていた。

信号で止まるたび、巻子さんは弟とわたしをふり返った。信号が青になると、右手をあげて出発の合図をした。

巻子さんはゆっくり自転車をこいだ。白いリュックの背中《せなか》を左に右にゆらしながら、歌でも歌ってるみたいなこぎ方だった。

帽子《ぼうし》をかぶってこなかった圭はボブカットの髪《かみ》を後ろに飛ばしている。慣れた感じで自転車をこいでいる。むかし、春人《はると》くんて子もあんな髪型をしていたっけ。

春人くんは圭とおなじ常光《じょうこう》保育園に行っていた子で、家も近所だった。よくうちに遊びに来ていて、日曜日も朝早い時間に、うちのドアをどんどんとたたいた。だれも返事をしないでいると、「おーい、おーい」と声がして、ドアはどんどんとたたかれつづけた。

んもう。お母さんはパジャマのまま玄関《げんかん》に行った。「圭くん、遊べるの？」と大きい声で春人くんは言った。

「あのね、春人くん、朝ごはんは食べたの？」と、お母さんが話しかけるのもさかずに、春人くんは家にあがってくると、「圭くん、遊ぼう」と、わたしたちが寝《ね》ている部屋に入ってきた。

お母さんが春人くんに「朝ごはんを食べてから、十時ごろになったらまたおいで」と言いきかせながら玄関につれていき、靴《くつ》をはかせようとすると、圭は「だめだめ」と春人くんを引きとめた。春人くんはうちで朝ごはんを食べ、お母さんが仕事に行ったあともそのままうちにいて、昼にはお父さんが作ってくれた昼ごはんもいっしょに食べた。お父さんが春人くんに「そろそろ帰ったほうがいいよ。おばあちゃんが心配しているよ」と言っても、春人くんは「心配してない」と答えて帰らなかった。春人くんはおばあさんと二人で暮《く》らしていた。

あのころ、春人くんは圭のいちばんの友だちだった。プラレールやジュンガやレゴで遊んでいた。圭は春人くんが遊びにあきたそぶりを見せると、べつのおもちゃを春人くんの前に置いた。春人くんはガガァと大声で笑う子だった。

古い家並《いえな》みの路地を抜《ぬ》け、車の多い通りは歩道を走って橋を渡《わた》った。そこからは桜並木の土手の道を走った。家を出て二十分くらいで三本桜に着いた。みっしりと葉をしげらせている木の下に自転車を停《と》めた。

道路から河原への斜面《しゃめん》に紫陽花《あじさい》がたくさん植えられていた。花はまだ咲《さ》いていなかったけれど、どれも大きく枝を張っている。ここに紫陽花が植えられていたなんて知らなかった。わたしはずっとここへは来ていなかったのだ。

三人でしばらく川の流れを見た。

そこは川上からの流れが二手に分かれるところで、こちらの支流はコンクリート堰《せき》で水がさえぎられていた。堰にさえぎられた水は水量を減らしながらも、ところどころにあけられた水門から泡立《あわだ》って流れ落ち、海へむかっていた。

「むこうまで行ってみようよ」

巻子さんは言って、むこう岸まで百五十メートルほどのびているコンクリート堰の上へ、とんとおり立った。よほど水量が増えないかぎり、いつもコンクリート堰は水面から出ているから通路の役割《やくわり》も果たしていて、近道をしたい人は川下にある橋まで行かずに堰を渡《わた》った。自転車やバイクで渡る人もいた。

行こう、と圭に声をかけて、わたしもコンクリート堰におり、先を行っている巻子さんを追った。川上から風が吹《ふ》きつけて、水の流れ落ちる音がざあざあときこえた。

ここに、いつだったか、夕方の早い時間にお父さんと圭と三人で花火をしに来たことがあった。

三人で土手から河原におりると、堰のすぐ下の水の中に男の人が二人いた。水中の何かを捕《つか》まえようとしていた。何かが川の中で暴れていた。そばまで行ってみると、男の人たちは大きな魚を捕まえようとしているところだった。

お父さんが「何ですか」とたずねると、もものあたりまで水につかったおじさんが「スズキですね。ここまであがってくるなんて、めったにないことで。でも、もう弱っちゃってます」と答えた。

せまいところに追いこまれた魚はそれでも暴れていた。それからもう一人のおじさんが魚をコンクリート堰の上にほうりあげた。魚はばたばた動いていたが、おじさんが石で何度もなぐりつけるとしだいに動きが小さくなっていった。

「大きいだろ」と、びしょ濡《ぬ》れのおじさんは自慢《じまん》するようにわたしと圭に言った。

魚が大きすぎて、わたしは気味が悪くなってお父さんをふり返ると、お父さんの後ろで圭が泣いていたのだった。

堰を中ほどまで進んでふり返ると、圭はまだ川岸にいた。

「おーい、おいで」

大声で呼《よ》んだけれど、圭にきこえたかどうかわからなかった。

巻子さんはすでにむこう岸に着いていた。リュックをあけて何かさがしている。

もう一度、圭にむかって大きく手まねきした。圭がどんな顔をしているのかわからなかったけれど、首をふったように見えた。引き返そうかと思ったけれど、引き返しては巻子さんに悪いような気がして、わたしは渡《わた》ることにした。

巻子さんは煙草《たばこ》を吸《す》っていた。

「圭が来ない」

巻子さんはうなずいて、目を細めてむこう岸の圭を見たけれど、手をふったりはしなかった。

「雷《かみなり》が鳴ってるよ」

煙草を吸い終えた巻子さんは空を仰《あお》いで、「ほら、降《ふ》りそうな雲が」と言って、携帯灰皿《けいたいはいざら》に吸いがらをねじこんだ。

いそぎ足でわたしたちはもどった。

「ケーちゃんの判断が正しかった」と、巻子さんは圭に言った。

圭は視線《しせん》をすうっとよそにむけた。

「帰りはちょっとスピードアップするよ」と、巻子さんは自転車を出した。そのあとを圭、わたしとつづいた。

土手を走って橋を渡り、大きい通りからせまい路地へと入ったところで、ぽつっと雨粒《あまつぶ》が腕《うで》にあたった。空のどこかが光り、しばらくして遠くで雷《かみなり》が鳴った。

ばらばらっと雨が降りはじめた。巻子さんは路地を止まらずに走り抜《ぬ》けたけれど、広い通りに出る手前で足をつくと、ふりむいた。

「もうあきらめよう。濡《ぬ》れちゃうけど、しかたない。飛ばすと危《あぶ》ないから、ゆっくり帰ろう」と言った。

巻子さんの頭のおだんごがくずれかけていた。

雨はしだいに激《はげ》しくなり、雷も近づいてきているようだった。わたしたちは雨宿りはしないで自転車をこいだ。

あのとき。おじさんは、スズキのえらに手を入れて掲《かか》げるように持ちあげ、「もう死んでる。怖《こわ》くない。泣かなくてもいいよ、ぼうや」と、笑いながら圭に言った。

「どうして殺すの」と、泣きながら圭は言った。

男の人は、えーっと言って笑った。

圭はあとじさりしながら泣いていた。

わたしたちは花火はしないで家に帰った。圭がおしっこをもらしたからだった。

稲光《いなびか》りがした。数秒後にドーンと雷《かみなり》が鳴った。雷は近づいていた。巻子さんはひたすらペダルをこいでいた。

逃《に》げこむようにマンションの建物に入った。三人ともずぶ濡《ぬ》れだった。

「じゃあ、すぐ服を着替《きが》えるのよ。スーちゃん、よろしくね。わたしはこのまま家に帰る。服を着替えてから、また車で来るから」

そう言うと、巻子さんはまたマンションを出ていった。

わたしと圭は自転車を駐輪場《ちゅうりんじょう》に入れ、体からしずくをたらしながらエレベーターに乗った。

「すぐシャワーを浴びよう。わたしはあとでいいから、圭が先に浴びて。さんざんだったね」

エレベーターの中でわたしは圭に言った。

「おもしろかった」

髪《かみ》の毛を額に張りつかせた圭は小さく笑った。

5

　月田が髪の結《ゆ》わえ方を変えていた。先生から、もう少しきちんとできないかしら、と言われたらしい。短くするのもいいんじゃないの、と提案《ていあん》もされた、と月田はうつむいたまま、口をほとんど動かさずに言った。月田は表情をあまり変えずにしゃべる。

「もしかして、目立たないようにしてる？」

　え、と月田はわたしを見て、「だって、活発そうに見えるのはいやでしょう」と答えた。

「わたし、小五までソフトボールチームに入ってたんだよね。近所の子はほとんど入ってたから。だからほら、見た目が健康的。だから、どっかくずしておかないと」

「くずすって？」

「だって、プラスにプラスを重ねていく、みたいな生き方をしていたら、そのうちしんどくなるよ」

「ああ、うん」

「マイナスのほうへふれてたほうが、あとが楽な気がする。ずっと飛ばすのって、わたしにはむいてないから。マラソンでも、最初から先頭集団で飛ばすと、あとで余裕《よゆう》がなくなる」

「なんとなく、わかるけど」

「自分を追いつめたくないから」

月田は両方の耳の下でたばねた髪《かみ》をつかんで、下へくいっと引いた。

中間テストはぜんぜんできなかった、と月田は言った。わたしもだった。五教科とも予想以上にむずかしかった。

「吹井、クラブどうするの？」

弁当箱《べんとうばこ》を袋《ふくろ》から出しながら月田は言った。

わたしはまだ決められないでいた。川村学園では、生徒はどこかのクラブに所属することになっていた。よほど通学に時間がかかる人や、家庭の事情がある人だけは免除《めんじょ》されていたけれど、わたしはどっちにも当てはまらなかった。先生から何度も「決めましたか？」とたずねられた。けさもホームルームのあと、先生はわたしの机《つくえ》までやってきてたずねた。

考え中です、とわたしはまた答えた。

月田は、美術部に入ったのはクラブ活動が週二日だけだからと言っていたけれど、話しているうちに、もともと絵を描《か》くのが好きで、将来《しょうらい》は絵本作家になりたいと思っていることがわかった。デュフィが好き、と月田は言った。

月田は新学期の初めの作文にも、きっとそう書いただろう。

新学期がはじまってすぐ、「将来の夢」という題で作文を書くように言われた。四百字づめ原稿《げんこう》用紙に最低二枚《まい》、と言われたのに、わたしは書くことが見つからなくて一枚目を埋《う》められなかった。「夢について」とタイトルを書いて、つぎの行に名前を書いた。一行あけて書きはじめて十五行しか書けなかった。

夢について書こうとすると、どんな言葉もわいてこなかった。といって、「夢はありません」と書く勇気もなかった。

わたしは小学校低学年のころに友だちだったみずほちゃんのことを書いた。みずほちゃんにはいつも夢があったから。

みずほちゃんは、保育園のときにはフィギュアスケートの選手になりたいと言っていた。小学生になったころには女子アナになりたがっていたし、犬のトリマーになりたいとも言った。パティシエにも、クレープ屋さんにもあこがれていた。

みずほちゃんはにこにこ笑いながら「あのね、わたしがいま、なりたいものはね」と大人にむかって話せる子だった。

そんなみずほちゃんと小さいころに友だちでした、とわたしは書いた。そして、わたしは小学一年生のときには美容師になりたいと思っていましたが、いまは思っていません、と書くと、それ以上書くことがなかった。埋《う》められない原稿《げんこう》用紙を見ながら、みずほちゃん、どうしているかな、と少しのあいだ考えた。

つぎの週に返された作文には「将来《しょうらい》について、じっくり考えてみるのもいいですね」と赤い字で書かれていた。

夢だけでなく、将来のことを考えようとすると、わたしは目の前を薄《うす》い布のようなものでさえぎられるような気持ちになった。いつからそんなふうに感じるようになったのか覚えていないけれど、自分の外側と内側のあいだには溝《みぞ》があって、その溝がだんだん広がっていくような気がしていた。学校でほかの子とおなじようにしていても、自分はこんなこと、したくてしているわけじゃない、という声がきこえるようになっていた。ちょっとやってみているだけだからと、その声をまた自分でなだめたりもした。学校ではうそをついているみたいな気がしていて、よく学校を休んだりもした。そしていよいよ学校に行くのがしんどくなったころに川村学園への入学が決まった。小学校のみんなと別れて私立の中学に行ったら気持ちが変わるんじゃないかな、と思いはじめていたときに、突然《とつぜん》お母さんが亡《な》くなったのだ。

「絵の教室をやってる人を知ってるよ」

わたしは月田の机《つくえ》で弁当箱《べんとうばこ》のふたを取ってから言った。

「絵画教室？」

「よくうちに来てる人なんだけど。話しやすいよ、大人にしては」

うーん、と月田はかくっとうなだれ、それから顔をゆっくりあげて、「もしも美大を受験する気になったら」と言った。「その人、女の人？」

「そう。お父さんの高校の同級生。お父さんがいないときなんかに、ごはんを作ってくれたりする。編み物が趣味《しゅみ》で」

あー。月田は首をかくかくと上下に動かして、「もしかして、その人、お父さんの恋人《こいびと》とか？」と言った。

え、と驚《おどろ》いた。

「ちがうよ」

わたしはそんなふうに考えたことはなかった。

「巻子さん」と「恋人」という言葉はべつべつのくくりに入っている言葉で、つなげようとすると接続障害《しょうがい》を起こしそうな気がする。頭の中にあるいろんなことを脇《わき》にどかさなきゃいけなくなりそうで、そんなことはできればしたくなかった。

頭の中にあるのは、たぶんお母さんのことだった。お母さんが死んでしまってから、よけいにお母さんのことが頭に浮《う》かぶようになった。お母さんの言った言葉とか。

「鈴はね、決められていることをきちんと守る人になりなさい」と、お母さんはわたしに言った。わたしと圭とお母さんの三人でお風呂《ふろ》に入っていたとき。わたしがシャンプーハットをかぶった圭の頭にお湯をかけようとすると、圭がいやがって泣きだし、お母さんがわたしの手からシャワーノズルを取りあげようとしたのに渡《わた》そうとしなかったときに、お母さんはなぜだかそう言ったのだった。

「月田も親に勧《すす》められて、川村に来ることになったんだよね」

月田は首をひねってから、「半分は」と答えた。

「あとの半分は？」

「人間関係」

小袋《こぶくろ》のふりかけをごはんにかけながら月田は言った。月田はお弁当《べんとう》を入れる布袋を四種類持っている。星の柄《がら》と、スヌーピーと、水玉柄、クマのぬいぐるみ柄で、きょうのはクマ柄で、それを弁当箱の下にしいている。

「まえにも言ったと思うけど、小さいときからずっとおなじ子といっしょだと、逃《に》げたくなるんだよね、ときどき。一学年がなにしろ九人だったから。うまくいってるときにはすごくなかがいいんだけど、うまくいかないときには、なんか息苦しくなっちゃう。そういう気持ちのときに、塾《じゅく》の先生に『受けてみるか』と勧められて、つい。ママも『がんばってごらん。

ひいおじいちゃんは村の助役だったんだし、あんただってやればできる』って言うし。それでついい」

「わたしも」とわたしは言った。

「あ、そう」

月田は目をあげてわたしを見て、それからまた目をふせた。

放課後、わたしは図書室に行ってみた。図書室の入り口の掲示板《けいじばん》に文芸同好会のポスターがまだ貼《は》ってあるかどうか確かめたかった。

ポスターは貼られていた。

「新入部員大歓迎《だいかんげい》　読書が好きな人　詩やエッセーを書くのが好きな人　クラブミーティングは毎週木曜日午後三時半から　資料準備室にて」と書かれている。

資料準備室は図書室の隣《となり》だった。入り口のドアはしまっていて、ドアのガラス窓《まど》のむこうは暗く、人の気配はなかった。きょうが水曜日だからだ。

部活が「週一」というのにわたしは惹《ひ》かれていた。部活が週一のクラブは、ほかに茶道部、写真部、英会話部があるみたいだったけれど、そのどれも自分にはむいていない気がした。お父さんに相談すれば、写真部を勧めたかもしれないけれど。

わたしは廊下《ろうか》を引き返して、昇降口《しょうこうぐち》へむかった。

お母さんは夜、疲《つか》れていないときには、ふとんに入ったわたしと圭に絵本を読んでくれた。

うちには絵本は六、七冊《さつ》しかなくて、それをくり返し読んでくれた。

お母さんは『三びきのやぎのがらがらどん』のトロルのセリフを、いつも低くておそろしげな声で読んだ。圭は「わーっ」とお母さんにしがみついて怖《こわ》がったが、わたしは怖がっていないふりをした。

どうして圭を怖がらせるの、とお母さんにきくと、お母さんは「世の中には怖いこともたくさんあるからね。小さいうちから少しは知っておいたほうがいいでしょ」と言った。

靴《くつ》をはきながら傘立《かさた》てを見た。四本の傘がまえとおなじ場所にあった。

駐輪場《ちゅうりんじょう》に行くと、自転車はまだたくさん残っているのにだれもいなかった。自転車のチェーンロックをはずしてから、ハンドルをにぎるまえに両方の手を目の前で広げてみた。指をくっつけてのばし、右手と左手の小指を見た。小指は相変わらず短かった。小さかったころは、だれの小指もこんなふうにちっちゃくて、だから「小指」というんだろうと思っていた。わたしの小指は幼《おさな》いときは少しまがってもいた。ほかの人の小指がわたしのほど短くはないとわかったのは小学校にあがってからだった。でも、それは驚《おどろ》くほどのちがいではなかったし、だれかから指のことで笑われたこともなかった。ほかの子に小指を見せて、その子の小指よりずっと短いことを話しても、だれも関心がないみたいで、「ふーん」と言って、それでおしまいだった。

わたしは一人のときに、ときどき短い小指をじっくりと見た。それが自分のしるしのような気がした。みずほちゃんはわたしの小指を触《さわ》って、「どうしてこんなにちっちゃいの。かわいいね」と言ってくれた。そう言われると、ほめられたわけでもないのに、ほめられた気がした。

みずほちゃんとは小二までおなじクラスで、わたしが転校するまでおなじアフタースクールに通っていた。

みずほちゃんの両親は宝石店《ほうせきてん》をやっていて、みずほちゃんのママがアフタースクールに迎《むか》えに来るのは六時半ぐらいで、お母さんがわたしを迎えに来る時間とだいたいおなじだった。お母さんは先に保育園に圭を迎えに行ってから、わたしを迎えに来た。みずほちゃんのママのほうが遅《おそ》いと、わたしたちはみずほちゃんのママが来るまで、いっしょに待ってあげた。みずほちゃんは圭に話しかけたり、抱《だ》っこしようとしたり、スクールのおもちゃを見せたりした。鈴ちゃんは弟がいていいねえ、とため息をつくようにみずほちゃんは言った。宝石をいっぱいつけたみずほちゃんのママは白い車で迎えに来た。白い車を見送ってから、お母さんは自転車の前と後ろにわたしと圭を乗せて家に帰った。

あのころは、お父さんは印刷会社で働いていて、いつも夜遅《おそ》くならなければ帰ってこなかった。そして休みの日にはよく写真を撮《と》りに川に行っていた。遠くの川に、金曜日の夜から出かけることもあった。新聞にお父さんの撮った写真が掲載《けいさい》されたりもした。鮎釣《あゆつ》りをしている人の写真や、川に雪が降《ふ》っている写真だった。写真が掲載された新聞をお父さんはわたしに見せてくれることもあった。それは、お父さんがいま勤《つと》めている新聞社の新聞で、お父さんは写真がカラーでないことを残念がっていた。

わたしや圭やお母さんの写真も、お父さんはときどき撮った。カメラをかまえて近づいたり離《はな》れたりしながら「笑って、笑って」とお父さんは言った。お母さんはカメラにむかって、わざとほっぺをふくらませたり、自分だけカメラの前から逃《に》げたりした。

お母さんと圭がいなくなったあと、お父さんはわたしに留守番《るすばん》をさせて川へ行くことはなかった。

マンションの駐輪場《ちゅうりんじょう》には黄色い自転車はなかった。水曜日だからだ。水曜日は夜十時過ぎまで教室がある、と巻子さんは言っていた。

巻子さんは、二月にわたしのお母さんが亡《な》くなってから、しばらくのあいだ来なかった。巻子さんが来ていないことに気づいたのはお葬式《そうしき》が終わって一か月くらいたってからだった。

四月のなかばになって、食品でふくらんだエコバッグをさげて巻子さんはやってきた。その日はお父さんも家にいた。

「入学祝いをしようと思ってさ」と巻子さんは言った。

巻子さんはお父さんが手伝いを申し出てもことわって、一人でごはんを炊《た》いてボウルに酢《す》飯《めし》を作り、数種類の魚のサクを薄切《うすぎ》りにし、たまごを焼き、わさびをすりおろした。

ダイニングテーブルにお父さんとわたしをすわらせ、その前に酢飯やネタをならべて、巻子さんは寿司《すし》をにぎった。「どんどん食べてよ、お客さん」と言った。たまごも、イクラの軍艦巻《ぐんかんま》きもにぎった。

「すごいね」とわたしは言った。

「お世辞《せじ》は困《こま》りやす。あっしのはただの真似《まね》っこで」

にぎる手を休めずに、巻子さんは言った。

巻子さんはお母さんが亡くなったことについては何も言わなかった。

わたしが、もう食べられない、とテーブルから離《はな》れると、巻子さんはやっと椅子《いす》に腰《こし》をおろし、自分でにぎったお寿司を食べた。食べながら、巻子さんは「川村学園の美術のレベルはほめられたもんじゃないわよ」と言ったり、「六年のあいだに、そこそこの成績を取れば大丈夫《だいじょうぶ》だから」と言ったりした。

巻子さんは赤い革《かわ》のベルトの腕時計《うでどけい》を入学祝いにくれた。「がんばりすぎちゃだめよ」と言ったり、「てきとうに楽しめばいいんだから」と言ったり、「過剰《かじょう》適応が一番あかん」と言ったりした。巻子さんはわたしを励《はげ》まそうとしてくれていたのだ。

家のドアをあけると、玄関《げんかん》で圭が靴《くつ》をはいていた。

「ちょっと自転車で」と圭は言った。

「うん、わかった。友だちの家？」

「ちょっと」

「わかった。気をつけてね」

うなずいて、青いリュックを背負《せお》った圭は家を出ていった。圭の背中《せなか》はほっそりしている。半袖《はんそで》のポロシャツから出ている腕《うで》も細い。

お母さんは圭のことを「生まれつき繊細《せんさい》だから」と言っていた。熱を出した圭を抱《だ》いて病院に行くときにもそう言った。「だから、ちょっとのことでも熱が出ちゃうのよ」と。

わたしは？とわたしはきいた。わたしも繊細？

お母さんはタクシーを止め、わたしを先に乗せた。赤い顔をして目を閉《と》じたままの圭を抱いたお母さんはタクシーに乗りこむと、「鈴はけっこう強いから大丈夫《だいじょうぶ》。赤ちゃんのときも手がかからなかったしね」と言った。

ほめられたはずなのに、そのときがっかりしたのを覚えている。

圭の机《つくえ》のところに行ってみると、漢字ドリルと漢字ノートが重ねておいてあった。ノートを開くと、とがった鉛筆《えんぴつ》で漢字がていねいに書かれていた。

わたしはノートをもとどおりにしてリビングにもどると、制服のままソファに寝転《ねころ》がった。リモコンでテレビをつけた。でもテレビは見ないで天井《てんじょう》を見た。それから目を閉じた。

いろんなことが同時に頭に浮《う》かんでこようとしていた。でも、どれもはっきりした考えにならないものばかりだった。どのことについて考えようとしても、目の前の薄《うす》い布がじゃまをして、ちゃんと言葉にならなかった。小学生のころにしていたみたいにベランダに出てみようかなと思ったけれど、すぐに打ち消した。わたしは目を閉じたままじっとしていた。

6

資料準備室のドアをノックすると、すぐに「どうぞー」と返事があった。

細長いテーブルを二つあわせた中央に、女子生徒が一人いた。

「こんにちは」とわたしは言った。

「えーと、だれ？　あ、新入生？　もしかして入部希望？」

「見学、いいですか」

「いいよ、もちろんだよ」

短い髪《かみ》の毛がくるくるとカールしているその人は手まねきをして、自分の隣《となり》の丸椅子《まるいす》を引いた。

「ほかの人ももうすぐ来ます。けど、全員は来ないよ。うち、そういう部だから。つまりゆるい」

わたしは椅子に腰《こし》をおろした。

「わたし、野沢千里《ちさと》。二年」

野沢さんは紫色《むらさきいろ》の名札を指でつまんで、わたしにむけた。二年生の名札は紫で、三年は緑、一年は青だ。

わたしも自分の名札をつまんで野沢さんのほうへむけ、名前を言った。

部屋はせまくて、三方を粘土色《ねんどいろ》のスチール戸棚《とだな》にかこまれていた。戸棚の上には段《だん》ボール箱が天井《てんじょう》近くまで積みあげられていた。

野沢さんはテーブルに数冊《すうさつ》積まれていた『あおぎり』と書かれた冊子《さっし》を一冊取ると、わたしの前に置いた。

「去年の部誌《ぶし》。これを出すのが、うちらの中心的な活動で。持って帰って読んでみてよ」

「はい」

表紙を開くと目次があり、「詩」「エッセー」「短編」「新・赤ずきん」と見出しがあって、それぞれに二、三作品のタイトルと、その下に学年、名前が書かれていた。野沢さんの名前もある。

「毎年、一年生はグリム童話の書き直しをすることになってるんだよね。去年は『赤ずきん』だったんだ。主人公を赤ずきん以外の登場人物にして書き直すっていう」

野沢さんはふふっと笑ってから、「わたしオオカミで書いたんだけどね、金井先生に、あ、金井先生っていうのは顧問《こもん》の先生ね。長すぎるって言われて、書き直したらもっと長くなっちゃって」

野沢さんはわたしを見た。

わたしは何を言えばいいかわからなかったので首をすくめた。

「今年は『白雪姫《しらゆきひめ》』だって」と野沢さんは言った。

ドアがあいて、緑色の名札の女子生徒が二人入ってきた。野沢さんは開いていた英語の教科書とノートを鞄《かばん》にしまいながら「見学希望の吹井さんです」と、わたしを二人に紹介《しょうかい》し、「部長の園部《そのべ》さんと矢田さん」とわたしに言った。

ミーティングに集まったのはわたしを入れて七人だった。園部さんと矢田さんと野沢さんのほかに、二年生の女子が二人と、遅《おく》れて一年生の女子が一人来た。

「新入部員はこの青島さんと、あと桂木《かつらぎ》くんだけなの。だから入部はものすごく歓迎《かんげい》」と園部さんは言った。青島さんも桂木くんも隣《となり》のクラスの人だった。

園部さんは「このまま部員が減っていくと廃部《はいぶ》になるから」と、三月で廃部になったというハンドボール部と園芸部と将棋部《しょうぎぶ》の話をし、そのあと二週間まえにあったという部長会議の話をはじめた。文芸同好会の年間活動費は『あおぎり』誌《し》の印刷代だけで、それは金額的には茶道部より多いけれど、クラブ活動そのものの経費はゼロに計上されている、と言った。「軽《かろ》んじられてまーす」と園部さんは言ったけれど、嘆《なげ》いているようにはきこえなかった。

わたしはできるだけ感じよくしていようとしていた。「部活が週一」に惹《ひ》かれて来たことを見やぶられたくなかった。園部さんが笑うとわたしも笑った。でしょう？と園部さんが問いかけると、うなずいた。園部さんは色白で、薄《うす》い眉《まゆ》をしていた。ゆっくりと話し、話し終えたあと、目を長めに閉《と》じる癖《くせ》があった。

青島さんがミーティングのあいだに口をきいたのは一度だけだった。園部さんに「書けそう？」とたずねられたときに「書けます」と、大きくうなずきながら答えていた。

園部さんが話をしているあいだ、青島さんがときどきわたしを見ていることには気づいていた。でも、わたしは目をあわせないようにしていた。入部する、という決心ができていない自分の気持ちを知られたくなかった。

園部さんはわたしに、部員は全員、部誌《ぶし》に何かを書くことになっていると説明したあと、一年生だけは毎年、グリム童話を書きあらためるという課題が出されていると、さっき野沢さんが話していた話をした。

「はい」とわたしはうなずいた。

「お話は知ってると思うけど、ヒントが見つかるかもしれないから『白雪姫《しらゆきひめ》』を一度読んでみたら」と園部さんは言った。「図書室にも『グリム童話集』はあるからね」

ミーティングは一時間ほどで終わった。

7

家に帰ると巻子さんが来ていて、料理をしていた。

圭は畳《たたみ》の間でまた正座《せいざ》してゲームをしていた。

「圭、ただいま」

圭はゲームの手を休めず、小さくうなずいた。

「晩《ばん》ごはんは中華丼《ちゅうかどん》でーす」と巻子さんが流しのむこうから言った。「冷蔵庫《れいぞうこ》にプリンがあるから、あとで食べて」

巻子さんはわたしを見た。「うちの年寄りからなの」

「すみません」とわたしは言った。

「気にしなーい」

低い声で巻子さんは言った。巻子さんはお母さんと二人で暮《く》らしていて、母親のことを「年寄り」と言った。巻子さんに言わせると「口やかましい人」だそうで、「年寄りの年金と、わたしが数少ない生徒からもらう月謝で暮《く》らせれば、それでいいの」と、いつか言っていた。「ずっと口やかましい年寄りと顔をあわせていると、気分が鬱屈《うっくつ》してくるから、だからここに来させてもらっているの」とも言っていた。「スーちゃんと話していると肩《かた》の凝《こ》りも取れるから」と。ほんとうにそう思っているのかどうか、わたしにはわからなかったし、巻子さんのお母さんがほんとうはどんな人なのかも知らなかった。

巻子さんは中華丼《ちゅうかどん》の具を作り終えると、「年寄りに、車で親戚《しんせき》の家につれていけって頼《たの》まれているから帰るね」と帰っていった。

わたしと圭はむかいあって中華丼とわかめスープの晩《ばん》ごはんを食べた。

「圭の嫌《きら》いな食べものって何だったっけ」

丼《どんぶり》にはイカや豚肉《ぶたにく》、たけのこ、白菜、にんじんなどが入っている。

圭は箸《はし》を止め、少し考えてから「あんまり煮《に》えてないキノコ」と言った。具にしめじも入っていた。わたしはしめじを食べた。

「煮えてるよ」

圭はうなずいた。

「煮えてないキノコだけなんて、好き嫌いがないも同然だよ」

圭は顔をあげると「まだあります」と言った。「辛《から》すぎるのとか」

「それはわたしもだめだよ」

わたしたちが食べ終えたころに、もっと帰りが遅《おそ》くなるのかと思っていたお父さんが帰ってきた。

「巻子さんが中華丼を作ってくれたよ」と言うと、「ありがたい、ありがたい」とお父さんはキッチンに入っていった。

お父さんはごはんの用意をしてテーブルにつくと、缶《かん》ビールをあけた。

「なあ、圭。こんどの日曜日に川に行ってみようか。三人で」

クイズ番組をやっているテレビの前で、テレビは見ないでゲームをしていた圭がお父さんをふり返った。

「圭が小さかったとき、ときどき川につれていったよ」

圭は首をかしげてから、「はっきり覚えてないけど、魚釣《さかなつ》り、した?」と言った。

「そうだよ。鮎《あゆ》を釣ったよ。釣れたのは二匹《ひき》だけだったけど」

お父さんはうれしそうに言った。

わたしは釣りのことは覚えていなかった。そのときは、わたしは行かなかったのかもしれない。たぶんお母さんも行かなかった。お母さんは「川なんて暑いばっかりだもん。あ、川だ、と思ったら、それっきりでしょ」と言っていた。

「な。川に行ってみようよ。天気がいいといいけどなあ」

お父さんは圭の背中《せなか》にむかって言った。

圭は首をかしげていた。

お風呂《ふろ》からあがって、わたしは自分の部屋で、図書室で借りた『グリム童話集』の「白雪《しらゆき》姫《ひめ》」を読んだ。

もちろん白雪姫の話は知っていたけれど、あらためて白雪姫以外の登場人物に気を配りながら読んでみると、白雪姫があまりに考えが足りなくて、いらいらした。わたしが気になった白雪姫以外の登場人物は狩人《かりゅうど》だった。

狩人は、お妃《きさき》から白雪姫を殺すよう命じられたのに従《したが》わなかった人だ。まだ子どもの白雪姫を殺すことができなくて森で逃《に》がしてやったのだ。代わりにイノシシを殺して肺《はい》と肝《きも》を持ち帰り、白雪姫のものだとうそをついてお妃に食べさせた。狩人はその秘密《ひみつ》がばれることをずっと心配していたんじゃないかな。そしてあるとき、お妃は鏡で白雪姫が生きていることを知ってしまったのだ。お妃はきっとものすごく怒《おこ》っただろう。狩人は死刑《しけい》になったのかな。そうなるまえにお城勤《しろづと》めを辞《や》めて、どこか遠くに逃げてしまっていたのかもしれない。狩人にも家族はいたんだろうか。

わたしは『グリム童話集』を閉《と》じると部屋を出た。トイレに行ってから、リビングをのぞいてみた。

リビングは暗かったけれど、ふすまがあいたままの畳《たたみ》の間は明るかった。

圭はふとんの中で漫画《まんが》を読んでいた。圭が福山から持ってきた漫画本は二十冊《さつ》くらいあって、いつもは机《つくえ》の横に積みあげてある。

「まだ寝《ね》ないの」

「もうすぐ寝るけど。これを読んだら」

「もんくを言ってるんじゃないよ。読んでていいよ。まだ眠《ねむ》くないんだよね」とわたしは言った。

「うん」

ふとんは部屋いっぱいにしかれていた。

ランドセルは机の上に置かれている。そのそばに、このまえ本屋で買ったこの町の地図がたたんで置いてある。

「地図、役に立ってる？」

「あー」と圭は間をあけてから「はい」と言った。

「パジャマ、ちょっと大きすぎた？」

圭の着ているパジャマの襟《えり》ぐりが大きくあきすぎている感じだ。

「大丈夫《だいじょうぶ》」

「そうか。じゃあおやすみ」

「おやすみ」と圭は言った。

ドアをあけたままのお父さんの部屋からはいびきがきこえていた。わたしは自分の部屋に入ってドアをしめ、電気を消してベッドに入った。

お父さんがドアをあけたままにしておくのは、四年まえにこのマンションに引《ひ》っ越《こ》してきたときからの癖《くせ》だ。

あのころは、電気をつけたままでなければ眠《ねむ》れなかった。廊下《ろうか》の明かりも夜通しつけてあった。


お父さんが細江町《ほそえちょう》のアパートで荷造りをはじめたのは、お母さんが家を出ていって間もなくだった。

「お父さんと鈴は駅前のマンションに行くんだからな」と、お父さんはいい話を打ち明けるみたいに言った。「学校も新しい学校に行くことになるけど、こっちの学校より大きいから、きっと友だちもすぐにできると思うよ」とも言った。まるで何もかもが新しくなるんだよ、と言っているみたいだった。

みずほちゃんと別れることになるのは残念な気がしたけれど、お母さんと弟がいなくなってしまったんだし、うちはいままでのままでなんかいられないんだ、という気がしていたから、そんなこともしかたがないことなんだとわたしは思った。

お父さんは段《だん》ボール箱に衣類や小物類をどんどんつめていった。じきに二つあった畳《たたみ》の部屋の一つが段ボール箱でいっぱいになった。そっちの部屋にはまえはお母さんのドレッサーがあったのだけれど、そのときにはドレッサーも白い簞笥《たんす》もなくなっていた。主の下着が入れてあった押《お》し入《い》れの衣装《いしょう》ケースもなくなっていた。靴箱《くつばこ》からお母さんのと士の靴《くつ》が消えていた。

夜、もう一つの部屋にふとんをしいて、「なんだかキャンプしているみたいだなあ」とお父さんは言った。

このマンションに引っ越すとき、お父さんはまえの家で使っていた食卓《しょくたく》を捨《す》て、新しいダイニングテーブルのセットを買った。まえのアパートではふとんをしいて寝《ね》ていたのに、このマンションの二つの小さな部屋にはそれぞれ新しいベッドが入った。

こっちの学校に転校した六月にはもう遠足も運動会もすんでいて、三年生になったときにクラス替《が》えがあったはずのクラスの人たちは、そのころにはおたがいにもうすっかりうちとけているように見えた。わたしは仲間はずれにならないように、いつもだれかのそばにいた。

背《せ》の高い川崎《かわさき》さんに「おいで」と呼《よ》ばれると、すぐにそばに行った。川崎さんは、はきはきした子だった。授業中に手をあげるときも、腕《うで》をまっすぐ上にぴんとのばしていた。内緒《ないしょ》話《ばなし》も好きみたいだった。「あのね」とわたしのほうに両手でかこんだ口を近づけ、わたしが「なに」と耳をそっちにむけると、「ふっ」と息を耳に吹《ふ》きこんだりもした。

川崎さんは放課後は学童保育に行っていたけれど、わたしは行かなかった。転校したあと一週間だけためしに行ってみたけれど、学童保育でまた新しい人たちといっしょに時間を過ごすのはなんだかひどく疲《つか》れる気がした。

お父さんは「行ったほうがいいんじゃないかな」と言ったけれど、わたしは「一人で大《だい》丈夫《じょうぶ》。家で宿題をしたり、それがすんだらテレビを見てるし。もう三年生だよ」と言った。

わたしは毎日学校から帰ると、「ただいまあ」と玄関《げんかん》で大きい声で言って家にあがった。新しいスリッパをはいてから「おかえり」と自分で答えた。それからぐるぐると家の中を歩きまわった。カーペットもカーテンも新しかった。流しの蛇口《じゃぐち》もまえのアパートのとはちがっていた。レバーを手前に倒《たお》せば水で、むこうへ倒せばお湯だった。「はい水」と言ってレバーを手前に倒し、「じゃあお湯です」と言ってレバーをむこうに倒した。水切りかごも新しかった。食器を洗《あら》うスポンジも新しかった。わたしは風呂場《ふろば》に行き、浴槽《よくそう》の中に寝《ね》そべったりもした。洗面器《せんめんき》も椅子《いす》も、石けん箱も新しかった。

一人でいるとき、ふっと何かが自分の後ろで動いているような気がすることがあった。薄《うす》い青い影《かげ》のようなもの。窓《まど》の外をぼうっと見ていると、それがふわふわとわたしの後ろを横切っていく気がした。それはキッチンのほうへ、もわっと動いていき、それから大きくふくらんで、キッチンの天井《てんじょう》をおおってしまっているような気がした。でもそっちをふりむくと、影は消えてしまっていた。

そんなとき、わたしはベランダに出た。空のほうにむかって手をあわせて「青い影がいなくなりますように」とお祈《いの》りした。洗濯物《せんたくもの》が干《ほ》してあるときは洗濯物の下で手をあわせた。クラスの子たちの名前をあげて「あの人たちとなかよくなれますように」とお祈りした。宇《う》治木《じき》くんや道原さんや平田くんの名前を言ったのかもしれない。大きい声を出す人や、どたっと教室を歩きまわる人や、すぐにきゃあっと高い声を出す人だった。どの人からも嫌《きら》われたくなかった。わたしは空いっぱいの大きな神様にお願いしているつもりだった。ベランダでお祈りをしてから部屋にもどると、部屋はまえよりも居心地がよくなっているようだった。

ベランダでは、お母さんや圭のことはお祈りしなかった。それはまたべつのことだと思っていたから。二人が元気でいますように、というお祈りができるほど、心に余裕《よゆう》はできていなかった。二人のことは考えないようにしていた。

お母さんのお葬式《そうしき》から十日ほどたった夜、お父さんの部屋からお父さんがスマホでだれかと話している声がきこえた。お父さんはドアをあけっぱなしにして話をしていた。

相手はお父さんの親しい人らしかった。たぶんお悔《く》やみの電話だったのだろう。初めは、ありがとうございますとか、大丈夫《だいじょうぶ》です、とていねいな言葉を返していたのに、急に声を落として「一度、復縁《ふくえん》の話もあったんだけども」と言った。「だけど百代《ももよ》は踏《ふ》ん切《ぎ》りがつかなかったみたいで」と言った。「それができていれば、死ぬようなことにならなかったんじゃないかと」とお父さんは言って言葉を切った。それからさらに声を低めて「でも、そんなことをいまさら言ってもしょうがないことでして」と言った。「後悔《こうかい》ばっかりで」と言った。「なんでしょうね」と言って、それからだまりこんだ。

わたしはベッドに横たわって体をまっすぐにしてきいていた。どうしてそんなことをだれかに話すんだろう、と思った。お父さんだけ浮《う》かびあがりたいのかな、と思った。わたしとお父さんは二人で深い暗い場所にいるんじゃないの、と思った。

わたしはとっさにベランダに出たいと思った。胸《むね》の中がもやもやでいっぱいになっていて、ベランダに出て手をあわせてお祈《いの》りをしたいと思った。ベッドに起きあがったけれど、でもそこから動けなかった。そんなことをしても意味がないことがわかっていたから。もうそんなことができる歳《とし》じゃないとわかっていたから。

わたしは目を閉《と》じ、両手で耳をふさいだ。涙《なみだ》がたれて手にかかったけれど、気づかないふりをした。

通路に面した窓《まど》がぼんやりと明るかった。通路を通るだれの足音もきこえてこない。わたしはベッドに起きあがった。明かりはつけずに部屋を出た。お父さんのいびきはまだきこえていた。足音をしのばせて、リビングのドアをそうっとあけてみた。

リビングは暗く、圭の部屋も暗かった。わたしはふすまの陰《かげ》で耳をすませた。なんの音もしなかった。弟はもう眠《ねむ》ってしまったようだった。寝息《ねいき》もきこえなかったけれど、そこに弟が確かにいるのが感じられた。

わたしは足音をしのばせてまた自分の部屋にもどった。

ベッドに入って目を閉じた。目ざまし時計の控《ひか》えめな音が時間をきざんでいた。その音だけに気持ちを集めて、頭の中から意味ありげな言葉をぜんぶ追いはらおうとした。暗がりがぼんやりと頭の中に広がった。

8

ニューヨークヤンキースの帽子《ぼうし》をかぶって、圭は助手席に乗りこんだ。

福山に行く圭を、わたしも新幹線駅まで見送りに行くことにして、後部座席《ざせき》に乗った。

「福山のおばあちゃんが駅まで迎《むか》えに来てくれるからな」とお父さんは圭に言った。「さっき電話で、着く時間を知らせておいたから」


おとついの晩《ばん》ごはんのあと、圭は畳《たたみ》の間で洗濯《せんたく》ものをたたんでいたわたしのそばに来て、

「あしたね、ぼくね、福山に帰りたいんですけど」と小さな声で言った。

「わかった」とわたしは言った。圭はほんとうはこの家になんか来たくはなくて、あのまま福山にいたかったんじゃないかと、それは圭が来てから何度も考えたことだった。

「お父さん、圭がね、あした福山に行きたいって」と、わたしはソファのお父さんに言った。

さもなんでもないことのように言ったつもりだったけれど、そんなふうにきこえたかどうか

わからなかった。

お父さんの頭が動いたようにも見えたけれど、お父さんは広げた新聞から顔をあげなかった。

「圭がね」と、もう一度言いかけると、「きこえてる」とお父さんは言った。

お父さんは新聞をたたみ、圭を呼《よ》んだ。自分のそばに来るように、ぽんぽんとソファの座《ざ》面《めん》をたたいた。

圭がお父さんの隣《となり》にすわると、「もちろん、いけないって理由はないよ」とお父さんは言った。

圭は下をむいていた。

「忘《わす》れもの？　こっちで買えるものなら、わざわざ福山まで取りに行かなくてもいいんだよ」とお父さんは言った。

圭は首をかしげた。

お父さんは圭の言葉を待っていたみたいだったが、圭が何も言わずにいると、「そうか、いいよ。行っておいでよ」とお父さんは言った。でもそれは心の底から同意している口調ではなかった。「おばあちゃんにはお父さんが電話でお願いしようか？」と言ったが、それには、そうしなくてはならないだろうなという響《ひび》きがこもっていた。

お父さんは圭の肩《かた》に手をまわした。

圭はうつむいていた。

「圭に福山に行ってほしくないの？」とわたしは言った。

「そんなことは言ってないよ」とお父さんは言って、「な」と圭の顔をのぞきこんだ。

圭はうなずいたほうがいいかどうか迷っているような顔をしていた。

わたしは急にいらいらした気持ちになった。

「お父さんは、そうやって自分のほんとうの気持ちを言わないいじゃん」とわたしは言った。

「いい人みたいな言い方するからね」

「そんなことはない」

お父さんは言って、圭の肩から手をはずした。

「だめならだめって言えばいいじゃん」

「そんなふうには思ってないよ」

お父さんはテレビのリモコンを取りあげ、テレビを消した。「おばあちゃんの都合もあるだろう」

「ちがうよ。お父さんはもっとちがうことを思ってたでしょ」

「思ってない」

お父さんは組みあわせていた両手の指をぽきぽきと鳴らした。「だから、お父さんは反対してるわけじゃないよ」

圭が大きい息をした。

圭は、お父さんに川に行こうと誘《さそ》われたあと、このことをどう言いだそうかと、ずっと考えていたんだ、とわたしは思った。

「じゃあいますぐ、おばあちゃんに電話して」とわたしはお父さんに言った。

「あしたの朝するよ。もう遅《おそ》いから」

「あのね、帰っていいんだよ、福山には。帰りたいと思ったら、いつでも帰っていいんだからね」とわたしは圭に言った。

圭はうつむいたまま小さくうなずいた。

「帰るじゃなくて、行く、だろう」とお父さんは言った。

「ぼくね、お金はあるので。新幹線の切符《きっぷ》、買えるから」と圭は小さい声で言った。

「ばかだなあ。そんな心配しちゃだめだよ。お金のことなんか心配しなくていいんだって。お姉ちゃんがつまんないことを言いだすから、圭がよけいな心配しちゃうじゃないか。なあ。いいんだってば。行っておいでよ」

お父さんはこんどは励《はげ》ますような言い方をして、また圭の肩に腕《うで》をまわした。

圭は「はい」としおれた声で返事をした。

けさ、お父さんはいつもの時間に出勤《しゅっきん》し、一時間ほどして、圭を車で新幹線駅に送るために帰ってきたのだった。

「あのね」と、助手席の圭がふり返った。「ずっとまえに、ここに花火大会のときに来たような気がする」

車は川沿《かわぞ》いの道を走っていた。

毎年、八月の第一土曜日に、この河原で花火大会が開かれている。そう言われてみれば、たしかに小さかったとき、家族みんなで来たことがあった。河原は人でいっぱいで、イカ焼きの匂《にお》いがたちこめ、ヨーヨー釣《つ》りの浅いプールがあった。河原の石がごろごろしていて歩きにくかった。

「お姉ちゃんが着物を着てて」

「浴衣《ゆかた》？」

「帯の後ろんところの、ちょうちょ結びみたいなやつがなくなってて」

話しながら圭は思いだしたように笑った。

圭、うれしそうだな、と思った。

「だんだん思いだしてきたよ」とわたしは言った。

空の花火を見ていたら、いつのまにか帯の結びがなくなっていたのだ。下をむいてさがしたことは覚えているけれど、見つかったかどうかは覚えていない。

「よく覚えてるなあ。あのとき圭は三歳《さい》ぐらいじゃなかったのか」

お父さんが言った。「帰ろうとしたころに雨が降《ふ》りだしたんだ。いそいで車までもどったけど、離《はな》れた場所に停《と》めていたから、みんなずぶ濡《ぬ》れ」

三本桜からの帰り道に、自転車をこいでいるうちにしだいに服に雨がしみてきたときの感じがよみがえった。

「ああいうことも、あったな」とお父さんは言った。

「うん」

窓《まど》の外の景色を見ながらわたしは返事した。


圭を送ったあと、帰りはお父さんもわたしもほとんど口をきかなかった。お父さんのカーステレオからはブラームスの「交響曲《こうきょうきょく》一番」が流れていた。行くときもかかっていた。

ふだんはお父さんの好きなジャズがかかっているのに、ときどきブラームスがかかる。気分を変えたいときなんかにかけているみたいだった。お父さんはクラシックのCDはこの一枚《まい》しか持っていないから、車に乗って、ブラームスか、と思って、それから三日後にまた車に乗っても、まだブラームスということもあって、そんなときには、お父さん、なんか調子悪いのかな、と思ったりした。でも、そんなことはお父さんにはきけなかった。熱が出たとか、おなかが痛《いた》いとかは言えても、気持ちのことは言いにくかった。言ってしまうと、そのあとその言葉にずっと引きずられるような気がするから。ゆうべ、お父さんにむかって言った自分の言葉がまだ胸《むね》の底に残っていた。

マンションの前で車を止めると、お父さんは「巻子さんに来てもらおうか？」と言った。

「どうして？　大丈夫《だいじょうぶ》だよ」とわたしは答えた。

わたしはリビングのローテーブルに『グリム童話集』を開いた。ノートも開いて、「白雪《しらゆき》姫《ひめ》」の狩人《かりゅうど》の姿《すがた》を思い浮《う》かべてみようと思った。シャープペンシルの芯《しん》を出して、さて、と考えようとして、それからすぐ床《ゆか》に仰向《あおむ》けになった。

急に気持ちがだらんとなった。いつもそうなる。何かしなくては、と思いたつと、だらんとなってしまうのだ。小学生のころからそうだった。宿題をしなきゃ、と思うと、頭の中がぼやぼやしてきて、取りかかれなかった。なんだかもっと大事なことがあるような気がしてしまうのだ。だからどうしても宿題をやり残してしまって、つぎの日の朝、ごはんを食べながらやったりした。宿題をぜんぶできないことが多かった。先生からは何度も注意されたけれど、それでも、なかなかできなかった。

学校でだれかとおしゃべりをしているときにも、こんなことをしてる場合じゃなくて、と気持ちがそわそわすることがあった。頭の中にいろんなことがちらちらと浮《う》かんで、話についていけなくなった。朝食べたゆで卵《たまご》のこととか、夜にガラス窓《まど》にはりついていた白い蛾《が》のこととか、寝《ね》るまえにきこえたサイレンのことが頭に浮かんできて、何かし残したことがあるような気持ちにいつもなった。そんな気持ちでみんなの輪の中にいると、みんなにうそをついているような気がした。

自分がほんとうに考えなきゃいけないことは、自分の外側と内側のあいだの溝《みぞ》にぜんぶこぼれ落ちてしまっているような気がしていた。みんなとげらげら笑っていると、内側がしぼんでいくような気がした。そして、そんなことを考えるわたしって変だよ、と思うと、溝はもっと広がる気がした。

わたしは起きあがってノートを閉《と》じた。テレビのリモコンに手をのばして電源《でんげん》ボタンを押《お》した。そのとき、「お母さんは死んじゃった」という声が突然《とつぜん》耳の中にきこえた。

わたしはあわててテレビを消した。

お母さんの誕生日《たんじょうび》に、いろんなポーズの猫《ねこ》がいっぱいプリントされたハンカチをプレゼントしたことがあった。お母さんは、ありがとう、と言ってくれたけれど、そのあとすぐ、「ハンカチはだれかにあげたいくらいいっぱい持ってるんだよねえ」と言った。お母さんはプレゼントをもらうのが好きじゃないんだ、とわたしは思っていたけれど、お母さんはただすなおにうれしがるのが得意じゃなかっただけだったのかもしれなかった。

9

巻子さんはアクリル糸で水筒《すいとう》カバーを編んでいる。

一つはできあがっていて、圭の水筒がぴったり収《おさ》まっている。肩《かた》に掛《か》けられるように長いひももついている。黄色と草色と緑色の糸でグラデーションに編まれていて、おなかのところには緑の糸で編んだ小さなトカゲがつけてある。いま編んでいるのは白とピンクと赤のグラデーションになっている。それにつけられるのは赤のトカゲだ。家で編んできたトカゲを巻子さんがテーブルに出したとき、わたしは一瞬《いっしゅん》トウガラシかと思った。手に取ってよく見ると、黒い目のようなものが両側についていたけれど、それでも巻子さんに言われるまでトカゲだとわからなかった。

「デフォルメしてるから」と巻子さんは言った。「ペットボトル・カバーを編んでくるつもりだったんだけど、小学校にはペットボトルは持っていっちゃいけないのかもしれないと思ってさ。ケーちゃんの水筒《すいとう》のサイズにあわせたの」

わたしが学校から帰ったときには巻子さんだけがいて、「ケーちゃんは、自転車で遊びに行ったよ」と教えてくれた。

　圭は学校から帰るとすぐに机《つくえ》について宿題をする。それが終わるとランドセルに翌日《よくじつ》の教科書などを入れ、リコーダーや体操服《たいそうふく》なども準備する。圭はわたしよりずっと几帳面《きちょうめん》なのだ。そのあと家にいるときは漫画《まんが》を読んだり、ゲームをしたりしていた。わたしが、テスト、あった？と質問すると、あった、と言うこともあり、見せて、と言うと、すぐにテスト用紙を持ってきて見せてくれた。ほとんどが八十点以上だった。すごいね、と言うと、圭は困《こま》ったような顔をして「そうでもないです」と言った。

　でもここ何日か、圭は宿題をすませると自転車で出かけている。

　日曜日の午後、圭は福山から帰ってきた。車で新幹線駅に迎《むか》えに行ったお父さんに、圭は車の中で福山でのことを何か話したのかもしれなかったけれど、家に帰ってきた圭に「福山どうだった？」とわたしがきくと、返事のかわりに大きくうなずいただけだった。「楽しかった？」ときくと、「楽しかった」と答えた。

　テレビの横には白い布に包まれた小さい箱が置かれている。箱の中にはお母さんのお骨《こつ》が入っている。福山のお墓に埋葬《まいそう》されたお骨の一部を分けてもらったのだ。箱の横にはお母さんの写真もある。お父さんが保存《ほぞん》していた写真データの中の一枚《まい》をプリントしたものだ。

毎朝学校に行くまえに、わたしと圭はその前で手をあわせる。圭はその写真を見て「これ、昔の写真？」とお父さんにきいていた。こっちにいたころのお母さんの写真で、お母さんは笑っている。

圭は少しずつこっちの生活に慣れてきているようだった。いまでも、まだどことなく遠慮《えんりょ》している感じが残ってはいるけれど。たとえば何かをするときに、ちょっと間をおいて、それから、してもいいのかな、とうかがうようにわたしやお父さんを見た。リモコンを取りあげてテレビの電源《でんげん》を入れようとするときや、テーブルについて箸《はし》を取るときなどに。箸からぽろっとブロッコリをテーブルに落としたとき、ブロッコリをつまみあげるまえに圭はちらっとお父さんを見た。でもわたしは、圭のそんなまなざしには気づかないふりをする。

圭は、ぬいだスニーカーはかならず左の壁《かべ》にくっつけて置いた。歯をみがくときには洗面《せんめん》台《だい》の前で小さく足踏《あしぶ》みをした。ソファはいつも左端《ひだりはし》にすわった。廊下《ろうか》はすり足で歩いた。

「巻子さんは、巻子さんのお母さんの考えていることって、わかる？」

「うちの年寄りの考えてること？　わかるわけないわよ」

巻子さんはすばやく編み棒《ぼう》を動かしながら言った。巻子さんの指は白くて長い。

「ずっといっしょにいても？」

「ずっと、でもないの。わたし、まえに結婚《けっこん》をして家を出てたから」

巻子さんは編む手を止め、わたしを見た。

「うん」

それは知っていた。巻子さんはずっとまえ、お父さんの友だちのアダチという人と結婚《けっこん》していたのだ。アダチという人もお父さんの高校のときからの友だちで、三人は同級生だったらしい。

「結婚していたときには夫のお母さんとはなかよしだったの、わたし。嫁姑《よめしゅうとめ》のけんかってものがなかったんだよね、ふしぎなことに。たぶん遠慮《えんりょ》してたんだと思う。もっと結婚が長くつづいていたら、けんかしていたかもしれないけども」

巻子さんの話をわたしはソファに寝《ね》そべってきいていた。

「他人のお母さんとはなかよくできても、自分の母親とはなかなか、なかよくできないっていう、そういうよくある話です。わかる？」

「わかるよ、なんとなく」

「スーちゃんてさ、その歳《とし》で意外に世間がわかってるよね」

巻子さんは編みあげたカバーにわたしの水筒《すいとう》を入れた。わたしのカバーには短い持ち手がつけられている。

「家族だからわかる、なんてことは意外に少ないよ」

巻子さんはまた水筒を抜《ぬ》き取り、赤いトカゲをカバーに縫《ぬ》いつけはじめた。

「うちの年寄りなんか、『あんたは小さかったときに、花を見ればむしりたがった』なんて言うけど、そんなことをした覚えは、わたしにはないもんね。ああいうことを言うのはいやがらせみたいなものよ。『おまえは覚えていないだろうけど、お多福《たふく》のお面を見せると泣いてた』なんて言って笑うのは」

巻子さんはふんと鼻をならしてから、くっと笑った。

「ケーちゃん、トカゲが嫌《きら》いだったりして」

巻子さんはトカゲを縫いつけ終わった。


お父さんはいつものように六時過ぎに帰ってきた。お父さんはこのごろ、退社時刻《じこく》の六時になるとさっさと退社しているのだと思う。圭がこの家に来るまえは七時過ぎに帰っていた。八時を過ぎることもあった。

巻子さんはキッチンでスパゲティをゆでていた。

ナポリタン・スパゲティが今夜の晩《ばん》ごはん、と巻子さんは言っていた。「もちろん本格的なやつじゃないよ。わたしが子どものころに食べてたケチャップ味のナポリタンだからね」

巻子さんは「おしゃれなお料理」は作れない、と言っていた。「なんにしても、おしゃれなものは苦手です」と。

「いつもすみませんね」

お父さんはショルダーバッグを、いつも置くことにしているテレビがのっているキャビネットの横に置いてから言った。

「なんの、なんの」と巻子さんは答えた。

洗面所《せんめんじょ》に行って手を洗《あら》ってもどってきたお父さんに、わたしはカバーに入れた水筒《すいとう》を両方の手に一つずつ持って見せた。

「巻子さんが作ってくれたの。これ、なんだと思う？」と、右手の赤い水筒で左手の水筒の緑のトカゲを指ししめした。

えーと、とお父さんは水筒に目を近づけ、「うーん、これは」と首をかしげ、「赤いほうはアカハラ？　それで、と。こっちはイグアナ？」と言って、にやっと笑った。

「なに、それ」

わたしはむっとして言った。お父さんがわざと的外《まとはず》れなことを言っているのがわかったから。

「昔はね、そこらの沼にいたんだよ、アカハラ。捕《つか》まえに行ってるやつもいて。ぼくはいやだったけどね。これ、正解はニホントカゲ？」と、最後のほうは巻子さんにむかって言った。

「ちがいます。正解は、ただのトカゲ」と巻子さんは顔をあげて言った。

「すぐに、自分の知ってることを言いたがるからね、お父さんは」とわたしは巻子さんに言った。

「たしかに、そういうところはある」と巻子さんは笑った。

圭はトカゲの水筒カバーが気に入ったみたいだった。

「お母さんに何か縫《ぬ》ってもらったことある？」とわたしはきいた。

圭は首をかしげてから、「雑巾《ぞうきん》とか」と言った。

わたしもお母さんに雑巾を縫ってもらったことがあった。お母さんは白いタオルに赤い糸でぐるぐると四角い渦巻《うずま》きを縫った。できた雑巾を学校に持っていくと、赤い糸で縫った雑巾を持ってきている子なんて一人もいなくて、自分だけ失敗しちゃったみたいな気持ちになった。雑巾《ぞうきん》はその学期じゅう目立っていて、掃除《そうじ》のときにはいつもだれかからその雑巾がわたしに渡《わた》された。ほかの子の雑巾はもうどれがだれのだか、わからなくなっていたのに。

「圭がお母さんに縫ってもらった雑巾って、赤い糸で縫ってあった？」

「覚えてないけど」と圭は言った。「これ、あした学校に持っていってもいいの？」

「だって、それ圭んだよ」とわたしは言った。

巻子さんの作ってくれたナポリタンには玉ねぎのほかに、ソーセージ、にんじん、ピーマン、しめじが入っていて、粉チーズが多めにふりかけてあった。巻子さんが「ささっと」作ったきゅうりとブロッコリとスナップエンドウのグリーンサラダもあった。

わたしはフォークにスパゲティをぐるぐる巻《ま》きつけた。

「パスタだなんて、おしゃれな言い方だこと」と、いつだったか巻子さんは言っていた。「それに昔はスパゲティを食べるのにスプーンなんか使わなかったよ。スプーンを使うようになったのは、そのほうがおしゃれだと思い違《ちが》いをした人がいたからじゃないの」とも言っていた。

だからわたしはスプーンは使わず、フォークだけで食べる。

しめじ、圭は食べられるのか、と思って圭を見ると、圭は口をお皿に近づけてちゅるちゅるスパゲティをすすっていた。しめじを選《よ》り分けたりしないで食べていた。

10

「ゆうべ、よく眠《ねむ》れなかったから頭が痛《いた》い」

弁当箱《べんとうばこ》のふたをあけながら月田は言った。

「夜更《よふ》かし？」

「寝《ね》ようかなと思ったときには、ほかの家族はもうみんな寝ちゃってて。わたしが寝てしまうと、起きている者がだれもいなくなって、そうなると、外でうちの様子をうかがってるやつに隙《すき》をあたえることになるから」

「だれがうかがってるの？」

「それはわからなかったけど。だれかがいるような気がした。二人組だったかも」

「お父さんを起こせばよかったのに」

「お酒を飲んで寝ちゃってる人を起こしても役に立たないでしょう。ママを起こせば、外に確かめに行くって言いだしそうで」

「あのね、いったい外にいるのはだれ？」

わたしはお父さんが作ってくれたお弁当《べんとう》のウインナーを食べる。たまご焼きにまじっている緑はパセリだ。お父さんは料理が上手になったと思う。四年まえにくらべれば。

月田は、寝《ね》るまえに一冊《さつ》の小説を読み終えたのだと話した。二人組の男が田舎《いなか》の農家にしのびこんで一家を惨殺《ざんさつ》するという、アメリカで実際にあった強盗《ごうとう》事件をもとにした小説なのだそうだ。

「読み終えるのに二週間くらいかかったけど、読んでるあいだじゅう、頭の中に血だらけの家が浮《う》かんでた。アメリカの田舎の立派《りっぱ》な大きい家で、うちとはぜんぜんちがうのに、いつのまにか、どうしてだか、わたしんちの部屋が、どの部屋も血だらけになっているところを想像しちゃってて。家族全員殺されるのかと思うと、怖《こわ》くてたまらなかった」

「杵島《きねじま》には、そんな悪い人はいないでしょ」

「いや、犯人は遠くから車でやってきて、皆殺《みなごろ》しにして、また車で逃《に》げていくんだってば。杵島大橋がかかったことで、車でいろんな人が島に来るようになっちゃって、それで犯罪も増えてるの。日本全国で殺人事件は毎日起きてるんだよ。毎日だれかが殺されてるの。そこらじゅうで人が殺されているんですよ」

月田はふりかけのかかったごはんを口に運んだ。

「玄関《げんかん》と廊下《ろうか》の明かりはつけておこうと思って下におりていったんだよね。そのとき、庭をだれかがいそぎ足で歩いている足音がきこえたの、って、こういう話、お弁当を食べながら話してもぜんぜん怖くないよね。夜、一人でいるとどんどん怖くなるんだから。どうしてだろ。あ、暗闇《くらやみ》かな、問題は」

「わかる」とわたしは言った。

「ずっと起きていようと思うのに、つい眠《ねむ》くなっちゃって、気がつくと目を閉《と》じてて。あぶない、あぶない、と思って目をあけるのに、やっぱりまた眠っちゃってて」

わたしは笑った。

「夜がってことよりも、一人ってことが怖いのかもしれん」と月田は言った。「一人きりだ、と思ってごらんよ。世界で自分って人間は一人だけなんだよ。この体の中に収《おさま》っているものが自分で、自分とおなじ人は世界じゅうさがしてもいないんだよ。これまで地球上に生きていたどんな人ともちがってるんだよ。ね、怖くない？　ここにいるこの体の自分をわかるとしたら自分しかいないのに、その自分のことは自分じゃぜんぜんわからないんだから。わからないまま、だらだら生きてるんだよ。考えてみたら怖いじゃん。みたいなことをずっと考えちゃうんだよね。そんなことを考えてたら、それで頭ん中がいっぱいになって、学校の勉強なんてできなくなる」

月田は弁当箱《べんとうばこ》に残っていたごはんをぜんぶ箸《はし》ですくって口に入れた。

「こんど、うちに遊びにおいでよ」と、口の中のものを飲みこんでから月田は言った。

「子どものときに海水浴に行ったよ。あんまり覚えていないけど、海がきれいだったのは覚えてる」とわたしは言った。

空が大きくて、海のむこうはよく見えなくて、あの日初めてコーラを飲んで、辛《から》い辛いと言った気がする。お母さんは笑っていた。お母さんはつばの大きい帽子《ぼうし》をかぶっていた。

「海水浴に来る人は多いけど、ほかにもいろいろ見るところはあるよ」と月田は言った。

月田は、毎日担任《たんにん》に提出することになっている「ニュースノート」に杵島《きねじま》のことをよく書いている。

一年生には全員に「ニュースノート」の宿題が出されていて、毎日、新聞の気になったニュースを一つ切り抜《ぬ》いてノートに貼《は》り、その横にニュースについての感想や意見を書くことになっていた。月田は、先生に期待されている社会問題は取りあげずに、ローカルの小さな記事ばかりを切り抜いていた。ミカンの花が咲《さ》いたとか、商船学校の生徒の合宿があったというような、杵島の小さな出来事を取りあげていた。

わたしもお父さんの新聞社の新聞を切り抜いていたので、やっぱりローカルな記事が多くなった。山野草展《さんやそうてん》や公園の牡丹《ぼたん》が満開といった記事。

「こんど吹井んちに遊びに行ってもいい？」と月田は言った。

「いいよ」とわたしは言った。

だれかに「あんたんちに遊びに行ってもいい？」ときかれるのは、ずいぶんひさしぶりの気がした。


自転車で校門を出ようとしたとき、道路のむこう側の歩道を圭が自転車で通り過ぎた。家とは反対の方向へむかって。

家からこんなに離《はな》れたところで圭を見かけるなんて意外だった。小学校の校区からも大きくはずれている。

どこへ行くんだろう。小さくなっていく圭の背中《せなか》を見ているうちに、どうしてもそちらへハンドルをむけずにはいられなくなった。わたしは手前の歩道を圭が走っていったほうへと自転車を走らせた。

圭が先の交差点で止まっているのが見えた。わたしは自転車をおりて、ゆっくり押《お》しながら交差点に近づいていった。圭がこっちを見れば、手をあげて、いそいで近づいていって、道路ごしに、どこに行くの、ときくつもりだった。

信号が変わった。圭は一度もこちらをふり返らず、ペダルを踏《ふ》みこみ、交差点を渡《わた》っていった。圭はどんどん遠ざかっていく。

わたしはいそいで自転車に乗り、信号を渡ってあとを追った。先を走っていく圭を見ながら自転車をこいでいると、圭はつぎの交差点の手前で左に折れた。

交差点まで行ってから左折するにしても、圭のまがった道を行くにしても、その先にあるのは大型ショッピングモールだった。

わたしも圭のまがった道をまがっていくと、すぐ正面にショッピングモール・オオタ屋の大きな白い建物が見えた。圭の姿《すがた》は消えていた。オオタ屋の建物のこちら側には駐車場《ちゅうしゃじょう》はなくて、バイクや自転車を停《と》める駐輪場《ちゅうりんじょう》だけが建物に沿《そ》ってのびている。そこにも圭の姿はなかった。

たくさんの自転車が停められている中に子ども用の自転車もあちこちにあった。でもその中から圭の自転車を見つけだすのはかんたんじゃなさそうだった。圭の自転車は黒で、とくに特徴《とくちょう》のある自転車というわけでもなかったから。圭はおそらく、ここのどこかに自転車を停めて、オオタ屋に入っていったのだろう。

わたしは自転車の向きを変えて、いま来た道をもどることにした。

学校の前を通り過ぎ、下校するときに見るいつもの景色の中を走っていると、なぜだかこのままますぐ家に帰っちゃいけないような気がしてきた。

わたしは橋の手前で道を折れた。

川に沿った道を川上にむかって走る。川は大きくカーブしていたから川上を見通すことはできなかったけれど、この先にコンクリート堰《せき》があることはわかっていた。このまえ巻子さんと圭の三人で三本桜に来たときに渡《わた》った堰を、きょうは反対側から渡ろうと思った。むこう岸の河原から土手にあがって三本桜へ出よう。

自転車をこいでいると、いろんなことがちらちらと頭に浮《う》かんできた。なんでもない小さなことだった。忘《わす》れていたようなことが浮かんでは、ペダルをひとこぎするあいだに消えていった。まえに住んでいたアパートの食卓《しょくたく》の下に散らかっていた色とりどりのレゴ。キッチンから漂《ただよ》ってきていた揚《あ》げものの匂《にお》い。春人くんの笑った顔。春人くんの前歯は虫歯だった。細江町のアパートの近所で飼われていたラムという名の白い犬。犬小屋と家のあいだのせまいコンクリートの上にいつも寝《ね》そべっていた。アフタースクールのドアの上にぐるぐると取りつけてあった人工観葉植物の蔓《つる》。アフタースクールの溝内《みぞうち》先生のフリルのついたエプロン。クマの顔がついたスクールのトイレスリッパ。みずほちゃんの髪留《かみど》めにはダイヤみたいな石がはまっていた。にせものでしょ、と何度言っても、ダイヤだよ、とみずほちゃんは答えていた。みずほちゃんのシグナルレッドのソックス。

風が強く吹《ふ》いて髪《かみ》の中を通り抜《ぬ》けていった。

堰《せき》が見えてきた。上流から流れてきた川がそこで二手に分かれていて、川幅《かわはば》がいちばん広くなっている。中州《なかす》もある。緑の草におおわれた草むらには小鳥の巣もあるかもしれない。中州にはたぶん蛇《へび》はいないだろうから。ヒナもいるかもしれない。

堰を渡《わた》っている人はいなかった。わたしは自転車に乗ったままスピードを落として堰を渡っていった。自転車で堰を渡るのは初めてだった。水の流れ落ちる音がして、コンクリート堰はかなり幅《はば》があるのに、それでも水の中に落ちそうな気がした。

堰を渡り終えて、河原から土手の道へは自転車を押《お》してあがった。土手の道に出ると、わたしはまた自転車に乗った。

11

トイレを出て、リビングをのぞいてみようかなと思ったけれど、のぞかなかった。リビングは暗かった。お父さんは今夜もドアをあけはなして寝《ね》ていた。

わたしは部屋にもどると電気を消してベッドに入った。暗闇《くらやみ》に目が慣れてくると、通路に面した窓《まど》がうっすらと浮《う》かびあがった。月田は今夜も部屋の電気をつけっぱなしにして寝ているのだろうか。この時間も、だれかが自分の家をねらっているかもしれないと、外の物音に耳をすましているのだろうか。

夜、この部屋にいると、ときどき外の通路をだれかが通りすぎる音がきこえた。足音といっしょに、さげている紙袋《かみぶくろ》かポリ袋かが足にふれる音がきこえることもあった。こつこつ、と杖《つえ》のようなものをつく音がすることもあった。

この階にどんな人が住んでいるのかは、四年のあいだにだいたいわかった。いつもわたしが挨拶《あいさつ》をしているのは、左隣《ひだりどなり》の年取った感じの夫婦《ふうふ》と、右隣のひとり暮《ぐ》らしの女の人と、三軒《げん》むこうの、いつも大きい声で「鈴ちゃん、こんにちは」と言ってくれる奥《おく》さんぐらいだった。その一家は二年くらいまえに引《ひ》っ越《こ》してきて、サワちゃんという名前の小学四年生の女の子がいた。けれど、わたしが通路でその子に出会って「こんにちは」と声をかけても、返事を返してくれたことはなかった。

わたしは夏も部屋の窓《まど》はあけなかった。だれかにのぞかれそうな気がしたから。窓の鍵《かぎ》がちゃんとかかっているかどうか、わたしはいつも気にかけていた。

このマンションに引っ越してきたばかりの、明かりをつけたままでなければ眠《ねむ》れなかったころ、わたしも月田とおなじように眠るまで窓を見はっていた。昼間、ときどき通路に立って自分の部屋の窓を見たりもした。格子《こうし》のはまった窓枠《まどわく》にはうっすらほこりが積もっていて、窓の内側に女の子がいるようには見えなかった。

お母さんはよく、うつぶせに寝《ね》て本を読んでいた。手のひらにあごをのせ、膝《ひざ》からまげた両足を打ち鳴らしたりもした。しばらくすると仰向《あおむ》けになって、それから横向きになっても読んだ。お母さんが本を読んでいるときには、話しかけてもろくに返事をしてくれなくて、答えてくれたとしても、「あとで」だった。

やがて、ばたん、と本が閉《と》じられると、あー、やっとお母さんがもどってきた、と思った。お母さんは、本を閉じたあとも本の中身について考えているようだった。わたしや圭のことは半分くらいしか目に入っていない感じで、「さあ、もうお風呂《ふろ》に入って、寝ようねえ」という声は、ただそう言っているだけみたいにきこえた。

お母さんが読んでいたのは小説だったと思う。

美容院が休みの月曜日は図書館も休みのはずだから、お母さんは仕事の合間に図書館まで自転車を走らせていたのだろうか。どんな小説家が好きだったんだろう。お母さんは自分で本を買うこともあったんだろうか。お母さんのものらしい本は家には残っていない。圭の荷物の中にもそんな本はなかった。

本だけでなく、圭の荷物にお母さんのものは何も入っていなかった。銀色のショールと緑の石のはまった指輪は、お父さんがおばあちゃんから受け取って持って帰った。ショールも指輪も、わたしには見覚えがなかった。

お母さんはときどき病気になった。それはたいてい月曜日で、美容院が休みの日だった。

そういう日は、自転車で保育園にわたしと圭を迎《むか》えに来たお母さんの髪《かみ》の毛はぼさぼさで、たばねることさえしていなかった。「帰ろ」と、お母さんは圭を抱《だ》きあげると自転車の前に取りつけたチャイルドシートにすわらせ、それからわたしを抱きあげて、後ろのチャイルドシートに乗せた。

お母さんは自転車をこぎながら「ヨイショ、コラショ」と言った。わたしが、電柱の上に何かをくわえてとまっているカラスを見つけて「お母さん、カラス」と後ろから叫《さけ》んでも、お母さんにはきこえなかったみたいで、お母さんは「ヨイショ、コラショ」と、唱えるみたいにつぶやいていた。

家に着くと、お母さんはそのまま奥《おく》の部屋に行き、しいたままのふとんに横になった。

「お母さん、しんどいの？」とわたしはきいた。

「うん。ちょっと病気」とお母さんは目を閉《と》じた。

わたしはキッチンの冷蔵庫《れいぞうこ》や戸棚《とだな》に食べものをさがして、バナナがあると、皮をむいて圭に食べさせた。冷蔵庫に魚肉ソーセージを見つけると、ナイフでビニールの包装《ほうそう》をはがして圭に食べさせた。パンをトーストしてマーガリンをぬって自分も食べた。

圭が、寝《ね》ているお母さんのそばに行って、起きて、起きてってば、とお母さんの体をたたくのを、「だめ、お母さんは病気だから」とやめさせ、こっちおいで、と部屋からつれだした。だけども、お母さんの寝ている部屋の戸はあけたままにしておいた。寝ているお母さんが見えるようにしておきたかったから。

圭が「おしっこ、出た」と言うと、お母さんのところに行き、小さい声で「圭がね、おしっこが出たんだって。紙パンツはき替《か》えさせようか？」とたずねた。替えて、とお母さんに言われると、わたしは紙パンツを出して圭にはき替えさせた。お母さんが起きてくるまで、わたしはずっとテレビを見ていた。わたしや圭がうるさくすると、お母さんは「しずかにして。テレビを見てて」と言うのを知っていたから。

お母さんはしばらくすると起きてきて、流しの前でぽんと両手を打ち、「さあ、いっちょ晩《ばん》ごはんを作りますか」と言った。よかった、とわたしは思った。

今夜、通路を歩いてくる足音はきこえなかった。

風の音がきこえている。

12

学校から帰って「ただいま」とリビングに入っていくと、畳《たたみ》の間からリュックを背負《せお》った圭が出てきた。

「あのね、ちょっと外に行くんだけど」と圭は言った。まるでだれかと約束しているみたいな口ぶりだった。

「うん、わかった」

圭は帽子《ぼうし》をかぶると玄関《げんかん》にむかった。

わたしはそうするのがいいかどうかわからなかったけれど、とっさに圭のあとを追ってみようと思った。玄関ドアがしまる音がしてから二十ほど数えた。それからわたしは靴《くつ》をはいてドアをそっと開いた。通路《つうろ》をのぞいてみると、エレベーターの前に圭の姿《すがた》はなかった。

下までおりたエレベーターは途中《とちゅう》どこにも止まらずにまたあがってきた。

自転車でマンションの駐輪場《ちゅうりんじょう》を出て、たぶん駅の方向だろうとそっちを見ると、圭が自転車をこいでいくのが見えた。

　わたしもそちらにむかってこぎだした。

　圭が信号で止まると、距離《きょり》をちぢめすぎないように、わたしも止まった。信号が青に変わって圭がまたこぎだすと、わたしもペダルを踏《ふ》みこんだ。信号が黄色から赤に変わってしまわないうちに道を渡《わた》った。

　アーケードの下の歩道を、通行人を上手によけながら圭は自転車をこいでいく。まるで小さいときから数えきれないほどこの通りを行き来してきた子みたいに、慣れた感じですいすいと進んでいく。わたしはさっき、この通りの反対側を通って家に帰ったばかりだ。

　アーケード街が終わると、南にのびている街道へ出る。そこから少しだけのぼり坂になり、じきに一本目の川を渡る。

　圭は川を渡っていった。一度もふり返らなかった。もしもふり返ったら、わたしは、ちょっと忘《わす》れものを取りに学校へ行くところ、と言うつもりだった。それとも、オオタ屋へ行くつもりなの、と言ってみようかな。

　圭はつぎの橋も越《こ》えていった。わたしも橋を渡った。

　わたしはでも、そこで後を追うのをやめた。ハンドルを切って川土手の道へとまがった。堰《せき》へとむかう道だった。土手の下の広い河川敷《かせんしき》は畑になっていて、いろんな野菜が育っている。何本もの支柱にからみついている蔓《つる》はきゅうりだろうか。トマトかもしれない。地べたをはうように大きな緑の葉がしげっている。川はとてもしずかに流れていて、水面は止まっているように見える。

風が髪《かみ》の中だけでなく、服の中も通りすぎていく。

遠くに堰《せき》が見えてきた。

四年生になると、川崎さんに呼《よ》ばれても、わたしはもうまえのわたしじゃないんだよ、ということを知ってほしくて、あんまりしゃべらなくなっていた。何がちがってしまったのかはわからなかったけれど、とにかく、わたし、ちがっちゃったんだから、と思っていた。転校してきたばかりのころの元気が、気がつかないうちに水もれしたみたいに消えてしまっていた。ただみんなにあわせているだけっていうのがだんだん苦しくなっていて、わたしはときどきばかみたいに騒《さわ》いだり、それから学校の何もかもがいやになったりした。

川崎さんから「吹井さん、どうしちゃったの」とたずねられたことがあった。べつに、とわたしは答えた。わたしはたぶん扱《あつか》いにくい人になりかけていたのだろう。だれかに腹《はら》をたてたり、それからだれとも話をしたくなくなったりした。いやあだよう、と胸《むね》の底から言葉がわくことがあった。

このまえとおなじように河川敷《かせんしき》への細い道を自転車に乗ったままおりた。

そして河川敷から一度も足をつかずにコンクリート堰へもおりることができた。水の音が大きくなる。

むこう岸で原付きバイクに乗った人がわたしが渡《わた》り終えるのを待っていた。

でもスピードをあげるのは怖《こわ》いから、わたしはまっすぐに進むことだけ心がけて慎重《しんちょう》に渡っていった。待っていたのは年取った女の人で、「いそがなくてもよかったのに」とわたしに言ってくれた。

わたしは「すみません」と、そこで自転車をおりた。

圭が帰ってきたのは六時少しまえだった。

わたしは、どこにも出かけずに、テレビを見あきるくらいに見ていたというふりをしてソファにいた。

「おかえり」

圭のポロシャツは汗《あせ》で濡《ぬ》れていた。

「ただいま」

帽子《ぼうし》をぬいだ髪の毛も濡れていた。

「どこに行ってたの？」

なんでもないことのように、わたしはきいた。

「えーと、木内駅の近くにオオタ屋ってあるでしょ。あそこ」と圭は答えた。

圭は隠《かく》すつもりなんかないみたいだった。

「買い物?」

「買ったのはチョコ一個だけだけど」

「それを買うために、あんな遠くまで行ったの?」

「あそこが、なんかいいんだよね」

「ショッピングモールが?」

「人がいっぱいいいるでしょ。だれかがいるような気がするから」

「だれかって?」

「保育園のときにいっしょだった人とか。それにね」

圭は肩《かた》からリュックをおろして洗面所《せんめんじょ》に行った。

わたしはキッチンに行き、冷蔵庫《れいぞうこ》から麦茶を出してグラスに注いだ。

リビングにもどってきた圭にグラスを渡《わた》すと、「ありがとう」と受け取り、麦茶をひと息に飲みほした。

「それに?」とわたしはきいた。

え、と圭はわたしを見て、ああ、とつぶやき、「いっぱい人がいるところにいたら、なんていうか、だれかがぼくを見つけてくれそうな気がするから」と言った。

「保育園でいっしょだっただれかってこと？」

「だけじゃなくてね。あのね、ウォーリーの絵本がうちにあったよね。覚えてる？」と圭は言った。

ウォーリー。きいたことがある名前だ。だれだったっけ。

「いっぱいごちゃごちゃと人が描《か》かれていて、そん中からウォーリーをさがしだすの」

「ああ。『ウォーリーをさがせ！』だ」

眼鏡《めがね》をかけて、赤いボーダー柄《がら》のセーターを着たウォーリーが人ごみにまぎれこんでいるのだ。

「あのね、ウォーリーごっこ。だれかがね、『あ、圭くん』って見つけだしてくれるんじゃないかなって。そしたらぼくは、ものすごくびっくりするはずなんだ」

「どうして？」

「だって、その人のことをぼくは忘《わす》れてしまっているから」

「ふうん」

わたしはよくわからなかったけれど、うなずいた。「で、どんなチョコを買ったの？」

圭はリュックから店のシールが貼《は》られた赤い箱を出した。どこででも売っているアーモンドチョコだった。

13

「おばあちゃんの得意料理って何?」

　新幹線駅にむかう車の中で、後ろの座席《ざせき》にすわったわたしは運転席と助手席のあいだに顔を突《つ》っこんできいた。

　圭は首をかしげてから、「唐揚《からあ》げ」とわたしをふり返った。

「唐揚げね。わたしも好きだよ」

　圭は前にむき直りかけて「焼きそばも」と、もう一度ふり返った。その顔が笑っていた。

「焼きそばも好き」とわたしは言った。

「すき焼き」

　前をむいたまま圭は言った。

「うちじゃ、めったに食べないけど」とわたしは言った。

　土日は福山に帰りたい、と圭が金曜日にまた言ったので、お父さんがまた仕事を抜《ぬ》けだして新幹線駅まで送ることになったのだ。

お父さんは今回は、圭がつぶやくようにそう言ったときに、「お、いいよ」と、すぐにはっきりとした声で返事をした。圭はそれでもうかがうような目でお父さんを見ていたのだけれど、その視線《しせん》に気づいたお父さんは「なんだ、気をつかうなよ。行っておいでよ。ね、だけど、『帰る』じゃなくて『行く』って言って」と言った。お父さんは何か心の中で決めたことがあるのかもしれなかった。

「それって、おばあちゃんの得意料理っていうより、圭の好きなものなんじゃないの」

圭は「ふっ」と笑って体を前にまげた。

「おばあちゃんとお母さんって、なかがよかったの?」とわたしはきいた。

圭は前をむいたままあいまいな感じにうなずいた。

小さいときから、福山のおばあちゃんにはめったに会わなかった。「おばあちゃんは八百屋さんで働いているから、日曜以外はお休みがないの」とお母さんは言っていた。日曜日はお母さんのほうが仕事だったから、休みの日があわなかったからかもしれない。おばあちゃんが遊びに来ることはめったになかった。

おばあちゃんからは、たまに段《だん》ボール箱が送られてきた。中は野菜と果物だった。お母さんはおばあちゃんに電話をかけてしばらく話し、それからわたしに受話器を渡《わた》した。

わたしは、トマト、食べられるようになったよ、と言ったりした。おばあちゃんは「勉強がんばって。圭ちゃんとなかよくね」と、いつもとおなじことを言った。

いつだったか、おばあちゃんが突然《とつぜん》やってきたことがあった。お母さんの昼休みの時間にあわせて、五人でファミレスで食事をした。そのあとお母さんは仕事にもどり、わたしたち四人はオオタ屋に行って、おばあちゃんが圭とわたしにセーターを買ってくれたのだった。

おばあちゃんはそのあと、わたしたちのアパートには寄らずに夕方の新幹線で帰っていった。

「おばあちゃんによろしく言ってね」と、新幹線駅に着くとお父さんが言った。

わたしは圭といっしょに車をおりた。階段《かいだん》をあがって駅構内に入っていき、自動販売機《はんばいき》で切符《きっぷ》を買って圭に渡《わた》した。

「気をつけてね」と言うと、「わかった」と圭は答えた。

帰り道、お父さんは車のナビ画面をオーディオに切り替《か》えた。ブラームスが流れだした。

「川って、水の音がいいよね」とわたしは言った。

「空気もいいよ。風もいい」とお父さんは言った。

「ひろびろとしてるし」

「町の中を川が流れているのはありがたいよ。そうだなあ、こんど」

そう言いかけて、でもお父さんはその先を言わなかった。川に行かないか、と言いかけたんだなとわたしは思った。でも、わたしもそのことは言わないでおいた。

お父さんと二人で暮《く》らしていると、ときどきそんなふうになった。何もかも言わないこと。そう二人で決めたわけじゃないのに、いつのまにかそんなふうになっていた。お父さんに話したいことはあるような気がするのに、言葉にしようとするとうまく言えない気がして、だんだん必要なことだけ言うようになった。

二人で暮らしていたころは、よく外食もしていた。焼き肉店にはたびたび行ったし、いろんなファミレスも行った。ラーメン屋も、イタリアンレストランも、回転寿司《ずし》も行った。

「なんでも、好きなものを食べて」とお父さんは言った。

ファミレスのセットメニューを頼《たの》んで食べきれないでいると、お父さんは「おいしくないか。辛《から》すぎる？　ちょっと塩辛いよね。無理しなくていいよ」と言った。

お父さんはわたしに何を食べさせればいいか、わからなかったのかもしれない。家では、スパゲティばかり作っていたこともあったし、豚肉《ぶたにく》のしょうが焼きばかり作っていたこともあった。お父さんはスマホやパソコンで料理の仕方をチェックしていた。会社から帰って冷《れい》蔵庫《ぞうこ》をのぞいたあと、ソファにすわってスマホで料理のレシピを検索《けんさく》して、「あのね、キムチチャーハンと、チキンライスと、どっちがいい？」ときいた。

お父さんは時間をかけてチキンライスを作り、それだけじゃ野菜が足りないと考えたから か、トマトをスライスしてドレッシングをかけた。

わたしがチキンライスを食べている前で、お父さんはトマトサラダを食べながらビールを飲んだ。そのままビールを飲みつづけ、チキンライスは少し食べただけで、「ちょっと横になるからな。すぐ起きるから」とソファに横になって、そのまま眠《ねむ》ってしまうこともあった。

お父さんはわたしをしからなかった。「おーい」と、お父さんはわたしに何か言いたいことがあると、言った。「おーい」と、目の前にいるわたしに言った。「お風呂《ふろ》のふたはきちんとしめておかなきゃ、お湯がさめちゃうぞー」と言った。「おーい、鈴、そろそろ起きなきゃ学校に遅《おく》れるぞー」と、朝わたしのベッドのそばに立ってわたしを起こした。「おーい、鈴。もっと食べろー」と、焼き肉店で肉をつぎつぎに網《あみ》にのせながら、お父さんは言った。

わたしはいつも「うん」と短く返事した。

あそぼ、と、夜、ときどきわたしはお父さんに言った。

「いいよ」と、かならずお父さんは言った。「何して遊ぶ?」と。

「なんでもいいよ」とわたしは言った。わたしはただ時間がからっぽな感じになるのがいやで、何かで埋《う》めたくて言っていただけだったので、ほんとうに何かをして遊びたいわけでもなかった。

「オセロ?・」とお父さんは言った。

いいよ、とわたしは言って、お父さんとオセロをした。でもかならずお父さんが勝負には勝ち、「もう一回やろう」とお父さんに言われても、わたしはもうしたくはないのだった。「人生ゲーム」のときは時間がもう少しかかったけれど、やっぱりお父さんが勝ち、お父さんになぐさめ口調で「たまたま、お父さんが勝っただけだから」と言われると、わたしはいらいらして「やーめた」と機嫌《きげん》をそこねたまま、あとかたづけもしなかった。

新しいおもちゃ、買いに行こうか、と何度かお父さんに言われた。いらない、とわたしはそのたびに答えた。お父さんに機嫌を取られている気がすると、わたしはいらいらした。どこか行きたいところがあればつれていくよ、とお父さんは言った。しーらない、とわたしは答えた。わたしの気持ちはぐるぐるとねじくれた。ねじくれていくのが自分でもわかっていた。わかっていても、ねじくれるのを止められなかった。

わたしは、お母さんがいなくなったのはお父さんのせいだ、と思いたがっていた。お父さんが悪いからだ、と。お父さんの、そういうわざとらしいしゃべり方が、お母さんはいやだったんだ、と考えたりもした。

お母さんのしぐさや、お母さんが言った言葉が頭に浮《う》かんできそうになると、その記憶《きおく》はもしかしたらわたしをいやな気持ちにさせるんじゃないかと、いったん考えるのを止めた。

お母さんはときどき「まったくもう」と言った。そんなことを思いだしかけると、それはわたしにむけられた言葉じゃない、と思おうとした。お母さんがそう言ったのは、だれかからの電話を切ったあとだったにちがいない、と思った。スムーズに動かなくなった自転車のペダルにむかってだった。焦《こ》げてしまったホットケーキにむかってだった。シャツにボタンをつけていて針《はり》で指を刺《さ》したときだった、とか。

お母さんはお父さんを嫌《きら》いになっただけじゃなく、わたしも嫌いになって、だからわたしを置いて家を出ていったんだ、と考えることは、高い塔《とう》の上から突《つ》き落とされるような気持ちのすることだった。落とされてしまうと、自分が木《こ》っ端《ぱ》みじんになってしまいそうで、まったく価値《かち》のない人間になってしまいそうで、そうなると、わたしは自分を殺してしまいたくなりそうな気がした。

そんなことを考えていたわたしは、いま考えると、お母さんはわたしにうんざりしていたんじゃないか、という考えにとりつかれていたのだ。

でも、といまは思う。そんなことをわたしが考えていたときには、お母さんはまだ生きていたのだ。生きていたお母さんはわたしを残していくことはできるけれど、死んでしまったお母さんはわたしや圭の前から消えただけじゃない。過去になってしまったのだ。過ぎてしまった時間の中にしか、お母さんはいないのだ。でも、ほんとうに？　ほんとうにそれは過ぎてしまった時間なのだろうか。

お父さんはマンションの前で車を止めると、「お昼ごはんは自分で作れるの？　コンビニに何か買いに行ってもいいよ」と言った。

「大丈夫《だいじょうぶ》だよ」とわたしは言った。

「夕方はたぶん早く帰れるから」

お父さんはそう言うと、いつもそうするように、手をちょっとあげた。

わたしもちょっと手をあげた。

14

お父さんの部屋のパソコンの前にいると、圭が帰ってきた。

わたしはインターネットで「コールスロー」を検索《けんさく》していた。コールスローは、いつだったか巻子さんが作ってくれて、おいしいねって言うと、「かんたんよ、キャベツをきざむだけだから」と言っていた。冷蔵庫《れいぞうこ》に大きいキャベツがあったので、作ってみる気になったのだ。

圭は部屋の前をすり足で通り過ぎていった。

わたしは机《つくえ》のブロックメモを一枚《まい》はぎ取って、コールスローの作り方をメモした。ほんとうに驚《おどろ》くほどかんたんだった。「キャベツとニンジンをせんぎり。塩とマヨネーズとレモン汁《じる》であえる」とメモした。

お父さんの部屋の壁《かべ》にはコルクボードが取りつけてあり、そこにお父さんが撮《と》った川の写真が何枚もピンでとめてあった。それとはべつに、A４くらいの大きさに引きのばされた写真がフレームに入れられ、それが三つ掛《か》かっている。一枚《まい》はカラーで、川辺《かわべ》にしげっているススキと夕焼け。川面《かわも》は暗く、白いススキの穂《ほ》は夕日に輝《かがや》いている。別の一枚はモノクロで、川の中に釣《つ》り人《びと》が立っている。むこう岸はそそり立つ岩で、上のほうに幹のまがった木が立っている。もう一枚もモノクロで、高い位置から撮《と》られていて、大きくうねっている暗い川面に光の筋《すじ》がのびていた。

このまえの、圭が福山に行っていた日曜日、お父さんはカメラバッグを持ってひさしぶりに川に出かけていった。夕方には帰ってきたけれど、お父さんは川の話も、いい写真が撮れたかどうかについても、何も話さなかった。わたしもきかなかった。

パソコンを消してリビングに行くと、圭はテレビを見ていた。

「コールスローを作る」

後ろを通りながら言うと、「なに?」と圭がききなおした。

「コールスロー。ほら、ケンタッキーとかで、食べたことあるでしょ」

ああ。圭はあいまいにうなずいた。

「キャベツのサラダ」

キャベツを圭の前にさしだすと、

「大きいね」と圭は言った。

郵便はがき

料金受取人払郵便

牛込局承認

5530

差出有効期間
2019年12月31日
(期間後は切手を
おはりください。)

162-8790

東京都新宿区市谷砂土原町 3-5

偕成社 愛読者係 行

ご住所	〒□□□-□□□□ 都・道 府・県	
	フリガナ	
お名前	フリガナ	お電話
		★目録の送付を [希望する・希望しない]
メールアドレス	※新刊案内をご希望の方はご記入ください。メールマガジンを配信します。 @	

本のご注文はこちらのはがきをご利用ください

ご注文の本は、宅急便により、代金引換にて1週間前後でお手元にお届けいたします。本の配達時に、【合計定価（税込）＋代引手数料 300 円＋送料（合計定価 1500 円以上は無料、1500 円未満は 300 円)】を現金でお支払いください。

書名		本体価	円	冊数	
書名		本体価	円	冊数	
書名		本体価	円	冊数	

偕成社 TEL 03-3260-3221 ／ FAX 03-3260-3222 ／ E-mail sales@kaiseisha.co.jp

＊ご記入いただいた個人情報は、お問い合わせへのお返事、ご注文品の発送、目録の送付、新刊・企画などのご案内以外の目的には使用いたしません。

★ ご愛読ありがとうございます ★
今後の出版の参考のため、皆さまのご意見・ご感想をお聞かせください。

この本の書名『　　　　　　　　　　　　　　　　　　　　　　』

ご年齢（読者がお子さまの場合はお子さまの年齢）　　　　歳（ 男 ・ 女 ）

この本のことは、何でお知りになりましたか？
書店　2. 広告　3. 書評・記事　4. 人の紹介　5. 図書室・図書館　6. カタログ
ウェブサイト　8. SNS　9. その他（　　　　　　　　　　　　　　）

ご感想・ご意見・作者へのメッセージなど。

ご記入のご感想を、匿名で書籍の PR やウェブサイトの感想欄などに使用させていただいてもよろしいですか？　〔 はい ・ いいえ 〕

●**新刊案内の送付をご希望の方へ**：恐れ入りますが、新刊案内はメールマガジンでご対応しております。ご希望の方は、このはがきの表面にメールアドレスのご記入をお願いいたします。

＊ ご協力ありがとうございました ＊

「きょうはどこに行ったの?」

「佐野《さの》くんの家」

「佐野くんて?」

「隣《となり》のクラスの人だけど、保育園がいっしょだった」

「おなじ学校にそういう子がいたんだね。そうか。よかったね。家に行ったら、佐野くんのお母さんもいたの?　佐野くんのお母さんは圭のことを覚えていた?」

「うん。あのね、佐野くんの家に行ったのはきょうで二回目。初めて行ったとき、佐野くんのお母さんは、かわいそうにねって言った」

「どういうこと?」

「どうして急に福山に行っちゃったの、とか。どうしてぼくだけ、お母さんはつれていったんだろうねえって。お母さんは働きすぎで死んじゃったの?って」

「どうしてそんなことを圭にきくかなあ」

「たぶん、ずっと気になってたんじゃないかな」

「で、なんて答えたの?」

「わかりませんって、言った」

「そんなこと、大人にきかれたからって答えなくてもいいんだって」

「うん」

わたしがキッチンにもどりかけると、「アパートにも行ったけど」と圭は言った。

「アパートって？」

わたしはキャベツを持って、また圭のそばに行った。

「まえに住んでたアパート」

「細江町の？」

圭はうかがうようにわたしを見た。

「ふうん」

わたしは圭のそばを離《はな》れた。

シンクの前で、キャベツの茎《くき》のつけ根にナイフを入れて、葉を一枚《まい》一枚はがしていった。

細江町のアパートはレンガ色の二階建てだった。下に二戸、上に二戸の小さなアパートで、うちは一階だった。アパートの前は住人専用駐車場《せんようちゅうしゃじょう》になっていて、アスファルトに白線が引かれ、1、2、3、4と番号が書かれていた。1がうちの駐車スペースだった。

あそこへは、ここに引っ越《ひこ》してからわたしは一度も行っていない。あのアパートには、いまも何もかもが、そっくりそのままあるような気がする。ないことはわかっているのに、あのあたりのことを思い浮《う》かべると、そんな気がした。

キャベツを千切りにするのは思った以上にむずかしかった。重ねた葉がぶわぶわしたし、細くきざんだつもりでも、ぼさぼさに太く切れた。

圭はきょうは赤い半袖《はんそで》のポロシャツを着ていた。圭はほかに白と緑の半袖ポロシャツも持っていて、その三枚を赤白緑の順に着ていた。お父さんが買った丸首のTシャツもあるのに、いつもポロシャツを着る。洗《あら》ったポロシャツを圭の服がしまわれている籐《とう》の箪笥《たんす》にしまうとき、わたしがわざと新しい丸首Tシャツの下に入れても、つぎの日、圭はちゃんと福山から持ってきたポロシャツを抜《ぬ》きだして着た。

細江町のアパートの裏《うら》には、庭にいろんな木が植えられている家があった。毎朝早くから、その家のおじいさんが庭木の手入れをしていた。庭には白いガーデンチェアとテーブルが置かれていたけれど、だれかがそこにすわっているのを見たことはなかった。

アパートの裏の道で、圭と春人くんはボールをけったりして遊んでいた。ときどきボールがその家の庭に入って、ボールを取りに行った圭はおじいさんにしかられていた。

その家のおばあさんから、ときどきお菓子《かし》をもらった。どら焼きをもらった。アイスクリームももらった。

その家の隣《となり》に、白い犬が短いロープでつながれた家があった。ラムだった。ラムはあまりかまってもらえないらしくて、夕方になると、ときどき悲しそうな声で「ウオーン、ウオーン」と鳴いていた。段差《だんさ》のあるコンクリートにいつも寝《ね》ていたから、体のそっち側の毛ははげていた。

わたしはキャベツをきざむのをやめて、また圭のそばに行った。

「アパートの裏《うら》に、広い庭の家があったよね」

「広田さん？」と圭はわたしを見た。

「そうそう。その隣《となり》の家で飼われていた白い犬のラム、どうしてた？」

「さあ」と圭は言った。「そっちのほうへは行かなかったから」

「かわいそうな犬だったんだよ」

「こんど見に行ってこようか？」

「いいよ、べつに。もういないかもしれない。ね、アパート、古くなってた？」

うーん、と少し考えてから「あんまり変わっていないみたいだった」と圭は言った。

「そうか、あそこに行ってみたんだね」

圭は口を開きかけたけれど何も言わず、また口を閉《と》じると、テレビのほうに顔をむけた。

15

「わたしは忙《いそが》しいは、アイアム ビジーですね」と先生は言った。「先週やりましたね。じゃあ、はい、月田さん」と先生は月田を指名した。

椅子《いす》をがたがたいわせながら、ゆっくり月田が立ちあがるのがわかった。

「あなたは忙しいですか」

は、と月田が小さい声でつぶやくのがきこえた。

「忙しくないです」と月田は答えた。

先生は、何を言っているのだろうという顔をした。

月田が「あ」とつぶやいた。

教室のあちこちからくすくす笑う声がきこえてきた。

「なんですか」と先生は言った。「ふざけているの？」

教室じゅうが笑いに包まれた。

先生は一瞬《いっしゅん》、自分も笑ったほうがいいのかなという表情を浮《う》かべたけれど、すぐ「真面目《まじめ》にやってください」と硬《かた》い声で言った。「すわって」

月田はしずかに腰《こし》をおろした。

教室の笑いはつづいていた。笑いは笑いを誘《さそ》っていた。

「はい、しずかにして」と先生はしかるように言って、両手をぽんぽんと打った。

先生はほかの人を指名した。

その人は立ちあがり「アー ユー ビジー?」と答えた。

彼《かれ》は忙《いそが》しいですか。彼女《かのじょ》は忙しいですか。彼らは忙しいですか。

先生の質問はつづいた。教室にはもう笑いの残りかすさえ残っていなかった。

授業の終わりに、教科書を閉《と》じてから「いいですか」と先生は教卓《きょうたく》に片方の手をつき、もう片方を腰にあてて言った。「言っておきますけど、この中学ではいいかげんな授業はしていないの。どの授業もそうです。それがわかっていて、みなさんもそれぞれ目標をもって勉強しているはずです。そうでしょう? だから授業中に笑いをとろうとするような態度はまったく似つかわしくありません」

先生は生徒の顔を見渡《みわた》して苦々しく言った。

教室はしずまっていた。月田のつぶやきもきこえてこなかった。

英語の授業を最後に午前中の授業が終わった。

洗面所《せんめんじょ》に行くと、文芸同好会の青島さんがいた。

「こんちは」とわたしは言った。

「クラブ、入ることに決めました？」と青島さんは言った。

わたしはうなずいた。「今週もミーティングがあるんですか」

「あります、あります。あーよかった」

青島さんはうふっと笑った。「一年の女子はわたしだけだったから。わたしね、作文が苦手だから。それで、ちょっとでも上達したいと思って文芸同好会に入ったんですよ」

青島さんは手をふいたハンカチをきれいに折りたたみ、「よろしくおねがいします」と言った。

「まだ、だれにも言ってないんですけど」とわたしは言った。

わかりました、わかりました、と言って、青島さんは洗面所を出ていった。

席にもどると、月田はもう机《つくえ》にお弁当《べんとう》を出していた。

わたしも鞄《かばん》からお弁当の包みを出して、椅子《いす》の向きを変えた。

「笑いをとろうなんて思うわけがない」

月田はがまんならないという口調で言った。英語の授業のことだ。月田のきょうのお弁当の袋《ふくろ》はスヌーピーだった。

「うん、わかるよ」とわたしは言った。

わたしも下をむいて笑ってしまったことがばれてなきゃいいけど、と月田の顔を見ると、

「笑いをとる、だなんて。そこまで期待されても困《こま》るっていうの。あー、でもわたし、気にしなーい」と、月田はふりかけの小袋《こぶくろ》の口をやぶりながら言った。

「みんな、すぐに忘《わす》れるよ」

「吹井は学校が近くていいよね。毎朝、葛藤《かっとう》っていうのがないでしょ。行きたくないなあ、とか、いつまで行けるかなあとか、通学途中《とちゅう》に考えたりしないですむよね。ちょっと行ってこようって感じで学校に来れるもん。うらやましいです」

あのねえ、とわたしはいま洗面所《せんめんじょ》で青島さんに会った話をした。

「文芸同好会に入るって言っちゃったんだよねえ。そういう話って、すぐに部長に伝わると思う？」

「いいじゃん、伝わっても。このさい、やる気出しちゃいなよ」と月田は言った。

「やる気、自分はないくせに」

「あるよ、ちょっとは」

月田はたまご焼きを口に入れ、わたしの顔を見ながら噛《か》み、それから飲みこんで、「頼《たの》み

があるんだけど」と言った。「吹井がこのまえ話していた絵の教室をやってるという人にね、きいてみてほしいんだけど。中学生でも教えてもらえるかどうか」

「ということは、美大に行くことにしたの？」

「それはまだ決めてない。けど、ちょっとだけやる気出してみようか、と」

月田はそう言って下をむいたままにやっと笑った。

「きょう帰ったら、すぐに電話してきいてみるよ。巻子さん、きっといいよって言うと思うよ」

そう言ってから、わたしは笑った。

「なによ。わたし、変？」

「ちがうよ。あのね、巻子さんって、ときどきけだるい感じになるんだけど、そういうところがちょっと月田に似てるなって思って」

「なに言ってるんだろ。けだるさで言ったら、吹井がいちばんじゃん」と月田は言った。


家に帰ると、圭はいなかった。

わたしは圭の勉強机《べんきょうづくえ》の椅子《いす》を引いて、腰《こし》をおろした。圭はほんとうは帰りたいんだろうか、福山に。いつも福山のことを考えているのだろうか。

机《つくえ》には市街地図が置いてあった。わたしは地図を開いてみた。

赤いペンで印がいくつもつけられていた。道路をたどるように赤い線が何本ものびている。線はどれも一つの出発地点からのびていた。出発地点は駅の近くで、線路のそば。まちがいなくこのマンションだった。

線をたどっていくと、一本は小学校につながっていた。べつの一本は長くて川土手をのび、巻子さんと三人で行った三本桜につながっていた。街道から細い脇道《わきみち》に入った先にあるのは細江町のアパート。

圭は自分が通った道を赤い線でたどっているようだった。

アパートを起点とした短い線の先は、たぶん春人くんの家だ。春人くんは保育園の運動会のあと、お父さんかお母さんに引き取られて、おばあさんのところからいなくなった。だから、いまはその家には住んでいないはずだった。

オオタ屋にも線はのびていた。わたしと圭が通った常光《じょうこう》保育園にも圭は行っていた。比《ひ》較的《かくてき》短い一本の先にあるのはたぶん佐野くんの家だろう。そのほか、わたしにはわからない到達点《とうたつてん》につながっている線もあった。

わからない線は八本あった。そして線でまだ結ばれていない赤い点が四つあった。

玄関《げんかん》のチャイムが鳴った。

わたしはあわてて地図をたたみ、もとの位置にもどした。玄関にむかうと、「わたし」とドアのむこうから巻子さんの声がした。「あけて」

ドアをあけると、鍋《なべ》の入った段《だん》ボール箱を抱《かか》えた巻子さんが入ってきた。

「ささっと、でもないけど、かんたんにできるものを作ったから、ちょっと持ってきたの」

巻子さんはキッチンに行った。

「冷やしてから、ごはんにかけて食べてもおいしいよ。でもどうかな。あったかいほうが好きかも」

巻子さんは鍋をコンロにのせて、ふたを取った。「ラタトゥイユっていう、夏野菜のごった煮《に》」

ラタトゥイユは、たしか去年の夏も作ってくれた。

「まずあっためて今夜食べて、残ったら冷蔵庫《れいぞうこ》に入れておくといいんじゃない。あしたの朝ごはんになるし」

「ありがとうございます」とわたしは言った。

え、なに？と巻子さんはわたしを見た。「どうしちゃった？」

「いつも親切にしてもらっているし」

「気にしないでよ。親切ぶってるところも、わたしの気晴らしだから」

キッチンから出てくると、巻子さんは「ケーちゃんは?」ときいた。

「自転車で出かけたみたい。最近、学校から帰るといつも自転車でどっかへ行ってる」

「ケーちゃんも大変なんだと思うよ。小さいのに、けっこうな苦労よ。スーちゃんもいろいろ大変だったと思うけども」

巻子さんはわたしのそばに立って、わたしの肩《かた》に手をまわした。

「子どもって、なにかと苦労だよ。大人になるまでのあいだの荒波《あらなみ》を一人で越《こ》えるんだもんね。波の大小はあるにしても。子ども時代をよく生きのびたなって、この歳《とし》になって思うこともあるの。親は自分が育ててやったみたいな顔をしているけども。ちがうんだよね」

さ、帰ろう、と、巻子さんは空になった段《だん》ボール箱を持って玄関《げんかん》にむかった。「お鍋《なべ》、こんど来たときにもらうから」

「これから教室?」

「そう。来るのは三人だけだけど」

「電話しようと思ってたんだけど、学校の友だちがね、巻子さんの絵の教室に入りたいんだって。中学生でも入れますかって」

「友だち? スーちゃんの?」

巻子さんはふり返ってわたしを見た。「いいですよ。もちろんだよ。そう言っといて。夕方からのクラスもあるって。わたしの電話番号を教えてあげてよ。電話くださいって伝えて」と言った。

巻子さんは靴《くつ》をはいた。

「それからね、あちこち自転車で行くからって、ケーちゃんをしかっちゃだめよ」

わかった、というわたしの返事を待たずに、巻子さんはするっと玄関ドアから出ていった。

圭はこっちに転校してきてから、まだ一度も休まずに学校に行っている。お母さんが亡《な》くなり、それまで住んでいた町からも離《はな》れ、ずっと離れていたわたしたちと暮《く》らすことになってと、それだけでも大変なのに、知っている子のほとんどいない小学校に、学期の途中《とちゅう》から通いはじめたのだ。圭は家で、学校でどんなことがあったのかについてはほとんど話さない。

わたしが学校になじめなくなっていったのは、わたしの中の溝《みぞ》が広がったからかもしれなかった。学校にいると、何もかもがちぐはぐしている感じがした。わたしが言いたいと思っていることは伝わらなくて、そんなふうに思われたらいやだな、と思っていると、そんなふうに思われてしまっている、そんな感じだった。

あのころのわたしはいつも、だれから、どう思われているかを気にしていた。だれがどんなことをしたり言ったりしているかも気になっていた。何かしようとすると、内側から「そんなこと、ほんとはしたくないくせに」という声がきこえた。わたしはできるだけみんなの輪から離《はな》れて、でもみんなの話していることは気になっていたから、離れすぎない距離《きょり》はたもっていた。「吹井さんて、いつもほかの人のことを見てるよね」と言われたことがある。「えっ?」ときさかえすと、「ときどき、すごくいやそうな顔をしていることがあるよ」と言われた。「だれかにいじわるされたの?」ともきかれた。

わたしは首をふった。そんなことじゃなくて、と思った。学校に行くこと自体がとても気の重いことになっていたのだ。いつもだれかに笑われているような気がした。学校はとても疲《つか》れる場所になっていた。

わたしはときどき学校を休むようになった。いろんな気持ちが積み重なってきて、朝起きられない日があった。

お父さんは、休んじゃいけない、とは言わなかった。休みたい、というと、先生に電話をして「頭痛《ずつう》がするらしいので休ませます」と話してから会社に行った。お父さんがいなくなると、わたしはテレビの前でごろごろして一日を過ごしていた。

お父さんは先生から、学校でのわたしの様子をきいていたのかもしれない。お父さんは巻子さんに、わたしのことを相談したのかもしれなかった。お父さんは、だからわたしに川村学園の受験を勧《すす》めたのかもしれなかった。お父さんは、わたしには学校に友だちがいないことに気づいていたのかもしれなかった。
がちゃっと玄関《げんかん》ドアのあく音がきこえた。圭が帰ってきたのだ。
わたしはラタトゥイユの鍋《なべ》がのったコンロに火をつけた。

16

きのうの土曜日は、圭は福山に帰るとは言わなかった。午前中はゲームをしていて、午後になると自転車で出かけていった。

きょうも圭は朝ごはんのあと、畳《たたみ》の間でかしこまってゲームをしていた。

「福山のおばあちゃんに電話をかけようか」と、お父さんが畳の間をのぞいて言った。

お父さんはめずらしく、朝から洗濯《せんたく》をしたり、トイレだけでなくシューズクローゼットの掃除《そうじ》までしていた。日曜日の午前中は、お父さんはたいてい新聞を読んだり、テレビを見たり、カメラの手入れをしたりと、ごろごろしているのに。

「どうして？」と、圭はゲーム機から顔をあげた。

「福山に行かないかわりに、ちょっと、声だけでもききたいかなと思ってさ」

「おばあちゃんの？　とくにききたいってわけでもないけど」

「そうか。それならいいけど」

「野元さんのおばちゃんも、毎週来ないほうがいいよって言っていた」

「野元さん」とお父さんは口の中で言って、「ああ、あの野元さんな」と思いだしたように言った。

「お母さんの知りあいっていう人？」とわたしは口をはさんだ。

わたしはダイニングテーブルで「白雪姫《しらゆきひめ》」をまた読んでいた。木曜日の部活の日、わたしは迷ったあげく資料準備室に行かなかった。入部しようと思っていたのに、いざとなると迷いが出てしまったのだ。

野元さん夫婦《ふうふ》には、お母さんのお葬式《そうしき》のときに会った。奥《おく》さんが泣きはらした顔をしていたので覚えている。奥さんはお母さんの高校の同級生だったと言っていた。泣きながら圭の肩《かた》をさすっていた。

「圭は福山に行くと、いつも野元さんに会ってるの？」とお父さんは言った。

圭はあいまいな感じにうなずいた。まるで、いつも会っていると答えれば、お父さんにしかられるんじゃないかと恐《おそ》れているみたいに。

「家が近くだったんだろう？」

圭はうなずいた。「おばちゃんとお母さんはスーパーマーケットで偶然《ぐうぜん》会ったんだって。お母さんがそう言ってた。二十何年ぶりに会ったたって」

「親切にしてもらっていたんだ」

「うん」

「野元さんが、毎週来ないほうがいいって言ったの？」

お父さんはふすまのそばを離《はな》れ、ローテーブルの新聞を取りあげてソファにすわった。

圭も部屋から出てきた。

「むこうになじみなさいって、おばちゃんが」

ふーん、とお父さんは新聞を開いた。

「おばあちゃんは土曜日も仕事だから、それで野元さんちに行ってるの？」とわたしはきいた。

圭はお父さんを見て、それからわたしを見て、あいまいにうなずいた。

「野元さん、子どもさんはいるんだっけ？」

お父さんは新聞のページを繰《く》りながらちらっと圭を見た。

圭は首をふる。

「そうか。ふーん。よくわからんな。土曜日には野元さんのおじさんは休みなの？　おじさんも家にいるの？」

「いない。仕事」

「それで、おばあちゃんの仕事が終わるまで野元さんの家にいるの？」

圭は目を下にむけて首をななめにした。

「何か約束でもしてるの？」

お父さんは新聞をたたみ、圭を見た。

圭は首をふった。

「お父さんには言いたくないことなのか？」

圭はうなだれている。

「そんな、無理やりききだそうとしなくてもいいじゃない」とわたしは言った。「どうして何もかもお父さんに話さなきゃいけないの」

「そういうわけじゃないよ。ただ、よその人にまで迷惑《めいわく》かけるのはどうかなってことだよ」

「迷惑じゃないかもしれないよ。野元さんのおばさんと圭はなかよしなんじゃないの？」

「そういうのはなかよしっていうんじゃなくてだな、親切にしてもらってるって言うんだ」

と言って、お父さんは立ちあがった。

圭は立ったまま、泣きそうな顔をしている。

「何もかも知ろうとしても、そんなの無理だよね。お父さんには福山のことなんてわかってないんだから」

わたしはキッチンに行ったお父さんに言った。

お父さんは返事をしなかった。

わたしたち三人は、ばらばらなままなんだ、とわたしは思った。ばらばらじゃいけない、と思っているのに、おたがいがどれくらいばらばらなのかも、わからないでいるのだ。

「これからは三人で力をあわせて暮《く》らそうな」と、圭がこっちに来た日に、焼き肉店で焼き網《あみ》を見つめて、お父さんは言った。うん、そうしよう、とわたしは思った。たぶん圭もそう思っただろう。でも、何週間もたったのに、いまも、どうすればそうできるのかわからないままなのだ。


お父さんは昼ごはんにホットプレートで焼きそばを作った。

三人でテーブルをかこみ、だまって食べた。

食事を終えると、圭はリュックを持ち、帽子《ぼうし》をかぶって、「ちょっと出かけてもいいですか」とお父さんにたずねた。

「いいよ。どこに？　友だちの家？」

圭はあいまいにうなずいた。

「きのうも自転車でどこかへ行ったんだろう。家にいると落ち着かないの？」とお父さんは言った。

圭は目を下にむけて首をひねった。

「ここは圭の家なんだからな」

お父さんは言った。「福山にいたほうがよかったの?」

圭はうなだれたまま何も答えなかった。

「責めているわけじゃないよ」

お父さんは声をやわらげた。

圭はうなずいた。

「暗くならないうちに帰っておいでよ。夕方は交通事故が多いからね」とお父さんは言った。

圭が家を出たあとすぐ、わたしも家を出た。家にお父さんと二人でいたくなかった。出かけてくる、とお父さんに言うと、お父さんは「いってらっしゃい」と言っただけだった。

わたしは図書館にむかった。図書館は学校よりも、オオタ屋よりも、さらに南にある。自転車をひたすらこいだ。オオタ屋の近くを通り過ぎるとき、圭はきょうもあそこの白い建物の中にいるのかもしれない、と思った。またウォーリーになって人にまざれているのかもしれない。広いオオタ屋の中で、小三のウォーリー・圭を見つけるのはかんたんじゃないと思うけれど、だれか、圭を見つけてやってほしい。できれば、圭が忘《わす》れてしまっているかもしれない、ずっとまえの幼《おさな》いときの友だちのだれかが「おい」と圭を呼《よ》び止めてくれるといいな。

わたしはまっすぐ街道を南下していった。

二十分走ってやっと図書館に着いた。図書館に来るのはいつ以来だろう。覚えていないいくらいにひさしぶりだった。建物の南向きの窓《まど》の下に一列に植えられているつつじはひとまわり大きくなっていた。

建物の入り口ドアを入り、ロビーから閲覧室《えつらんしつ》に足を踏《ふ》み入れると、さまざまな印刷物がまじりあった図書館独特の匂《にお》いがして、なつかしいような、それから心細いような気持ちになった。

図書館はぜんぜん変わっていなかった。入ってすぐ左手に絵本のコーナーがある。背《せ》の低い絵本の棚《たな》が壁《かべ》に沿《そ》ってぐるりと設置されていた。小さいときに来たときのままだ。低い丸テーブルもおなじで、テーブルをかこんで小さい椅子《いす》がならべてある。この椅子で絵本を読んだことがあった。

低い本棚で絵本をさがそうとすると、いまのわたしは棚《たな》の前にしゃがむしかなくて、しゃがんだままじりじりと横歩きした。「白雪姫《しらゆきひめ》」の絵本を見てみるつもりだった。

絵本の背を見ながら動いていって、「むかしばなし」のコーナーまで行くと、そこにいろんな画家が描《か》いた『しらゆきひめ』が五冊《さつ》ほどあった。

わたしは抜《ぬ》き取った五冊を低い子ども用のテーブルに運んだ。

もしかしたら狩人《かりゅうど》について書かれているものがあるかもしれないと思ったのだ。どんな人物として書かれているんだろう。文章で書かれていなくても、狩人の姿《すがた》が描かれている絵本があるかもしれないと思った。けれども、どの絵本でも狩人については　言ふれてあるだけで、姿は描かれていなかった。たしかに狩人は物語全体を考えると、さして重要な人物じゃないのかもしれない。だけども「白雪姫」は殺人事件でもあるわけだから、最初に白雪姫を殺すように命令された狩人については、もうちょっとくわしく書かれてもいいのに、と思う。

閉《と》じた絵本を重ねていて、ふと思いだした。わたしがここで絵本を読んでいるあいだに、お母さんはいなくなっていたのだ。顔をあげるとお母さんがいなくて、わたしは急に心細くなってお母さんをさがして本棚のあいだをぐるぐるとめぐった。

わたしは五冊の『しらゆきひめ』を棚のもとの場所にもどしてから、あのときとおなじように本棚のあいだを歩いていった。

いまはもう背の低い児童書の棚《たな》ごしに奥《おく》のほうまで見わたすことができた。ＣＤやＤＶＤの棚も見えている。そのむこうの、広くスペースが取られた雑誌《ざっし》のコーナーも見える。

雑誌の棚をかこむように長いベンチがあって、あのとき、わたしはそこにすわって雑誌を読んでいる人たちの中にお母さんがいるような気がしたのに、でもお母さんはいなかった。お母さんは、そのむこうの背《せ》の高い本棚《ほんだな》が奥にむかって何列もならんでいる場所で、棚の端《はし》に置かれたスツールにすわって本を読んでいた。「お母さん」と見つけて呼《よ》ぶと、お母さんは驚《おどろ》いたように顔をあげた。「しずかにして」と言って、「さ、帰ろう」と立ちあがった。

わたしはあのときお母さんが腰《こし》かけていた四角いスツールの前を通り過ぎた。そのあたりには小説など、文学に関する本がならんでいた。お母さんは読んでいる本について、わたしや圭にはもちろん、お父さんにも話していなかったと思う。お母さんはときどき閉《と》じこもるように、熱中して本を読んでいた。本を読むことで何かを埋《う》めようとしていたんだろうか。たとえば自分の中にあいている穴《あな》のようなもの。もしかすると外側と内側のあいだの溝《みぞ》。お母さんにも溝はあったんだろうか。

わたしは向きを変え、本棚のあいだをぐねぐねとまわって出口にむかった。

自転車で来た道をもどりながら、橋の手前の道を左に折れて進んでいくと見えてくる景色のことを考えた。空が大きく広がっている。遠くに山が見えていて、川側ではない土手下には家が密集《みっしゅう》しているのに、なぜだか広い野原の中の一本道を走っているような気持ちになる。川幅《かわはば》はいつも、思い描《えが》いていたよりずっと広く、むこう岸は遠かった。町の中に川があるのはいいよな、とお父さんは言っていた。川が町や林や山々を大きく分けているのを見ると、お父さんも心がひろびろと広がるような気がするんだろうか。だからお父さんは川に行っていたんだろうか。

橋の手前で、川土手の道へと折れた。

お母さんは自分の感じていたことを少しでもわたしに言ってくれればよかったのに、と思う。笑っていたときや、ぼんやりしていたときに、お母さんの心の中にあったのはどんなことだったのだろう。

水がただ流れていくみたいに、気持ちもただ流れていって消えていくのだろうか。

お母さんのことを考えようとすると、急にぼやぼやと何もかもがあいまいになる気がしたけれど、なんでもないときに、ふっとお母さんの髪《かみ》の感じがよみがえったりした。いろんなことは、ばらばらに頭に浮《う》かんでは消えた。お母さんはときどき子どものころの話をした。

「おばあちゃんたら、わたしが何か買ってって頼《たの》むと、かならず『それはほんとうに必要なもの?』ってたずねるの。わたしが『ほんとうに』って答えると、『それがこれからもずっとこの家にあるってことを考えてごらんよ。ずっとあってもいいもの？』ってたずねるの」

とお母さんは言った。

「どう答えたの？」とわたしはきいた。

「『ずっとってどれくらい』ってきき返したの」

「そしたら？」

「『永遠』って。あっさり、買いたくないって言ってくれたほうがよかったのに」

お母さんは、それで買ってもらうのをあきらめたの？」とわたしはきいた。

お母さんはわたしの髪《かみ》に飾《かざ》りピンをさしながら、「あきらめようとしたけど、無理だった。がんこな子だったんだ、わたし」と言った。

鏡にわたしとならんで映《うつ》ったお母さんは笑っていた。お母さんはまぶたに薄《うす》い色のアイシャドウをぬっていた。

お母さんのことは、わたしの体のあちこちに染《し》みついている気がする。首を動かしたりしても、ふっと匂《にお》いがたつようにお母さんのことを思いだした。過去になっているはずのお母さんは、かえってわたしの体のあちこちにとどまっている気がする。

堰《せき》が近づいてきた。

細江町のアパートの玄関《げんかん》のドアノブが目に浮《う》かぶ。それだけじゃなくて、白い犬のラムのたれた耳も。みずほちゃんの空色のお稽古《けいこ》バッグ。

みずほちゃんの足がスキップしながら近づいてくると、なに、なに、って何かをききたい気持ちになった。まっ赤の靴下《くつした》を「これシグナルレッド」と教えてくれたのもみずほちゃんだった。アップルグリーンも教えてくれた。でも、それがどんな緑色だったのか、いまでは思いだせない。「だって、だって、素敵《すてき》じゃん」とみずほちゃんは言った。

一度だけ、引《ひ》っ越《こ》したあとにみずほちゃんが電話をくれた。テレビアニメの話をして、博《ひろ》人《と》くんていう、まえの小学校でおなじクラスだった子の話をして、それから「じゃあね、またね」と電話を切った。また電話しようと思っていたのに、あれからおたがいに電話はかけなかった。ああいうことって、と思う。どうしようもないことだったのかな。

河原へ下る細い道を用心しておりていきながら、こんどの土曜日に、圭といっしょに福山に行ってみようかな、と思った。おばあちゃんは驚《おどろ》くだろうか。

わたしは一度も足をつかないで堰のコンクリートへ出た。

水の音が大きくなった。風が髪をさらっていく。わたしは二メートルほど先を見ながら慎《しん》重《ちょう》にペダルをこいで堰を渡《わた》っていった。

17

図書室で三時十五分になるのを待ってから、資料準備室に行った。もしドアに鍵《かぎ》がかかっていて、だれも来ていなかったら、そのまま帰ろうと思った。

まだ迷いは残っていたけれど、そういうのはわたしにはおなじみの気分だった。

ドアをノックすると、「はい、どうぞー」と中から返事があった。

部屋には野沢さんが一人いた。野沢さんはテーブルに数学の問題集らしい本とノートを広げていた。

「あ、えーと、吹井さんだったよね。どう？　決めた？」

まあ、すわんなよ、と野沢さんはこのまえとおなじように自分の横の丸椅子《まるいす》を引いた。

「はい、決めました」

わたしは腰《こし》をおろした。

「そうかあ。よかった」と野沢さんは言った。

三時半になると、園部さんと矢田さんが来た。そのあと一年生の青島さんと桂木くんがつづけて来て、少しして初めて会う二年生の女子が三人と三年生の男子も来た。

きょうまでに、今年の『あおぎり』に、何を、原稿《げんこう》用紙何枚《なんまい》くらい書くか、めいめい決めておくことになっていたらしかった。

野沢さんが園部さんに、わたしが入部を希望していることを告げると、園部さんは「ほう」と笑って、「かんげいでーす」と平らな声で言った。「これで部員はぜんぶで十二人になったのかな?」と矢田さんに言った。

矢田さんはノートを開いて、「えーと、ぜんぶで十三人ですね」と園部さんに答えてから、わたしの名前と家の電話番号をきいてノートに書きこんだ。

「決めたんですね」と、隣《となり》の席の青島さんが小声で言った。うなずくと、「よかった。先週待ってたのに来なかったから、心配してましたよ」と青島さんは言った。

「はい、じゃあ、一年生からどうぞ。青島さんから」と園部さんが言った。

「えーと」と言って、青島さんはテーブルに出したノートを繰《く》った。「ヘンリーっていう小人の立場で、五枚くらいです」

「え、ヘンリー? だれ?」と園部さんは言った。

「次男の小人です」

「小人たちって兄弟なんだ。へえ、知らなかったよ。年齢差《ねんれいさ》のある七人兄弟？　まさか七つ子じゃないよね。それぞれ名前があるんだ」

三年生の「湯田」という名札をつけた男子が半笑いの顔で言った。

「わたしがつけました」

青島さんは笑われるなんて心外《しんがい》だという顔をした。「小人にもやっぱり一人ひとり名前はあるんじゃないんですか。長男がジョンで、それからヘンリー、マーク」と言いながらノートを見て、「ジミー、ダン、トミー、ロバートです」と言った。

湯田くんは笑った。「すげえ」

「名前があれば、具体的にイメージできるよね、たしかにそうだよ」

園部さんは同級生の湯田くんにきびしいまなざしをむけてから、青島さんを励《はげ》ますように言った。「いいですよ、ヘンリーでもジョンでも。いいのよ。作っていいんだから。そういうの自由だから。ヘンリーの物語ってことで」と目を閉《と》じて、それから目を開いてほかの人の反応を見た。

「白雪姫《しらゆきひめ》にも名前があるの？　メアリーとか？」

湯田くんはまだ笑いを浮《う》かべている。

青島さんは何か言いたげに湯田くんを見返したけれど、何も言わなかった。

「人の書くものについて、あれこれ口出ししなーい」と矢田さんが言った。

「はーい」と湯田くんは首を上下にふった。

「じゃあ桂木くん」と園部さんは言った。

「ぼくは、えーと、狩人《かりゅうど》にします。長さはまだわかりません。けど、長くても五枚《まい》くらいです。そんなに長く作文を書いたことがないので」と桂木くんは言った。

桂木くんは入学式のときに、新入生代表で挨拶《あいさつ》をした人だった。ということは、入学したときの成績がトップだったのかもしれない。

「あのね。作文じゃないよ。創作《そうさく》だから。物語を作るの。『ぼくはこう思います』という文体じゃなくね」と園部さんは言った。

「ちなみに狩人の名前は？」と湯田くんが口をはさんだ。

「決めたほうがいいですか？」

「つけてもいい」と湯田くんは言った。

「しつこい」

わたしの横で野沢さんが小さい声で言った。

「えーと」と、園部さんがわたしを見ていた。

「王様のことを書いてみようかなと」とわたしは言った。それはいま、桂木くんと園部さんのやりとりをきいていて急に思いついたことだった。できれば頭の良さそうな桂木くんとおなじ主人公で書くのを避《さ》けたかった。桂木くんの新入生代表の挨拶《あいさつ》は、態度はとても堂々としていたけれど、とても短くて、保護者席から小さく笑いがもれていた。ああいうことも、人の反応を気にせずできる人なのだろう。

園部さんはわたしの言葉を待っているみたいだったけれど、わたしがそれ以上何も言わないので、「はい。いいよ」と、大きくうなずいた。

二年生は、短編小説を書くと言った野沢さんのほかに、宮地さんという人ははきはきと「詩を書きます」と言った。しずかな口調でしゃべる川辺さんは「読書感想文を書こうかなって、まだ考え中です。『モンテ・クリスト伯《はく》』についてとか」と言った。

「おおっ」と湯田くんは声をあげた。「っていうか、おれは読んでないけど」

丸いほっぺの細谷さんは「夏休みにカナダのプリンス・エドワード島に行くことになってるんですよね。わたしがっていうより、母が行きたいって、ずっとまえから言ってて。赤毛のアンの家に行きたいって。なので、その旅について書こうかなって思ってて」と答えた。

園部さんはトーベ・ヤンソン論《ろん》を六、七枚《まい》書くつもりです、と言った。

矢田さんは「八枚くらいの童話を書きます」と、自分の中には書きたいものがすでにはっきりとあるという感じの声で言った。

「で、いよいよ湯田くんですけど」と、園部さんは最後にたずねた。

「夏休み中に見たい映画《えいが》が三本くらいあるんですけど、その映画について何か書くかもしれないです。でも、書けないかも。おもしろいかどうか、見てみなきゃわかんないし。内容によっては、ぼくには書けないかもしれないし。あ、べつに変な映画ってことじゃなくて、ね、そうではなくて。……わかります？」

桂木くんが下をむいて、ぷっと笑った。

「じゃあ九月一日という締《し》め切りだけは守ってよ」と園部さんが話していると、ドアがあいた。女の先生が入ってきた。

「二十六号のめどはつきましたか」

ポニーテールの先生は言った。

黄色の細いストライプ柄《がら》のブラウスを着た先生はわたしを見ると「新人さん？」と言った。

園部さんがわたしを紹介《しょうかい》した。「金井先生。三年一組の担任《たんにん》の」とわたしに言った。

「よろしくね」と先生は言って、ほほえんだ。

わたしはだまって頭をさげた。

ふっと、日に暖《あたた》められたたくさんの本の匂《にお》いが鼻先によみがえった。小学校の図書室の

「漫画《まんが》日本の歴史」シリーズのならぶ棚《たな》。小学校の図書室は昼休みだけあいていた。わたしはよく一人で図書室に行った。本棚のあいだにいると気持ちがおだやかになった。本の背《せ》表紙《びょうし》を一冊《さつ》一冊ゆっくり見ていった。どの本もおもしろそうだった。いつか読みたいと思った。ここにある本をぜんぶ読みたいと、そう思っていた。でも、わたしは結局、図書室では本を借りなかった。本のそばにいて本を読みたいと思う気持ちと、実際に本を読むことは、すんなりつながっていないのかもしれない。

「自由に表現する、というのがこのクラブのただ一つのモットーですからね。いつも言ってるけど、だれかの言ってることや書いてることをかんたんにコピーしない。幼稚《ようち》かなと思ってても自分の考えでやってみる、とまあ、そういう方針《ほうしん》です。ほかのみんなにはまえにも言ったよね」

先生はみんなを見まわし、それからまたわたしに目をもどして、「気楽にね」と言った。

はい、とわたしは返事した。

青島さんを見ると、青島さんもわたしを見ていた。青島さんは胸《むね》の前でそっと指を二本立てた。

「よろしくおねがいします」と、わたしはそこにいる人たちみんなに言った。

18

お父さんのカーステレオからはあいかわらずブラームスが流れていた。車の中には挽《ひ》きたてのコーヒーの匂《にお》いが広がっている。

お父さんはゆうべ、おばあちゃんに電話をかけ、このたびは鈴もいっしょにそちらに参りたいと申していますので、よろしくお願いします、とあらたまった口調で頼《たの》んでいた。そのあと、野元さんのこともたずねていた。お父さんはスマホではなく、リビングの電話を使っていた。

「圭が野元さんの奥《おく》さんにいろいろとお世話になっていると言っているもんですから。ご迷《めい》惑《わく》をおかけしているんじゃないかと思いまして」

おばあちゃんがお父さんにどう返事しているのかはわからなかった。お父さんは「はあ」、「はあ」、とうなずきながらおばあちゃんの話に耳をかたむけ、最後に「わかりました、よろしくお願いします」と頭をさげた。

できるだけおばあちゃんを手伝ってあげて、と電話のあとでお父さんはわたしに言った。

わかった、とわたしは答えた。

ゆうべ、晩《ばん》ごはんを食べているときに、わたしは「圭があした福山に行くつもりなら、わたしもいっしょにおばあちゃんのところへ行ってみようかなと思うんだけど」とお父さんに言った。

圭が、えっという顔でわたしを見た。

ビールを飲みながらテレビでニュースを見ていたお父さんはだまってわたしの顔を見た。

それからグラスをテーブルに置き、ふうっと息をついてから、「圭は福山に行きたいの」ときいた。

圭は「えーと」と言いよどみ、助けをもとめるようにわたしを見た。

「だめ?」とわたしは言った。

「いや、だめだなんて言わないよ」

お父さんは言って、ふっと小さく鼻から息を出し、「だめとは言わない」と言った。

お父さんはテーブルのビールの入ったグラスを見つめていた。グラスの底のほうから小さな泡《あわ》がのぼりつづけている。

だれも何も言わなかった。

うっほん、とお父さんが咳《せき》をした。

「いいよ。行っておいでよ」

お父さんは言うと、グラスを取ってビールを飲みほした。

「鈴もいっしょだと、おばあちゃんも喜ぶんじゃないかな、きっと」とお父さんは言った。

お父さんはテレビ画面に目をもどした。

圭がふっと息を吐《は》いたのがわかった。


わたしはただ、お母さんと圭が四年間暮《く》らしていた町へ行ってみようと思ったのだ。隣《となり》の県なのに、ずっと遠い場所のように感じていた。四年のあいだに、お父さんから何度か「お母さんに会いに行ってもいいんだよ」と言われた。「お母さんは、鈴が会いたくなったらいつでも会いに来てって言ってるよ。車でつれていってあげるよ」と。でも、わたしは一度も会いに行かなかった。ただ会いに行くだけじゃいけないような気がしていたから。何か理由がいるんじゃないかと思っていたのだ。それから、時間がたつにしたがって、行きにくさは増した。お母さんはどんどん遠くなっていく気がして、それからいつのまにか、お母さん、もうじき死んじゃうんじゃないかと、こわごわ思うようになったのだ。

車が新幹線駅に着いた。

圭はいつもの帽子《ぼうし》をかぶり、着替《きが》えと漫画本《まんがぼん》とゲーム機の入っている青いリュックを背負《せお》っていた。わたしは一着だけ持っているチェック柄《がら》のワンピースを着ていた。

「おばあちゃんを手伝ってあげて」と改札口で、ハンチングをあみだにかぶったお父さんはまた言った。そしてすぐに、「ま、無理はしなくていいけどさ」と言い直した。

お父さんは圭を見て、それからわたしを見て、小さくうなずいた。それから「これを」と、何種類かのコーヒーの粉が入っている袋《ふくろ》を「おばあちゃんに」とわたしに渡《わた》した。「何がいいかわからなかったから。おばあちゃんはたしか、コーヒーが好きだったと思うから」と。

「お父さん、あした、川に行けば？」とわたしは言った。

お父さんはにやっと笑って、「そうだな」と答えた。

乗りこんだこだま号はがらがらだった。わたしたちは指定席にならんで腰《こし》をおろした。圭と二人きりで新幹線に乗るのは生まれて初めてだった。

窓《まど》からは遠くの山並《やまな》みが見えていた。新幹線は駅を出るとじきに川を越《こ》え、やがてトンネルに入った。

「あのね、ミゾバタって覚えてる？」と圭が言った。

え、と考えて、いそいで細江町あたりを思い浮《う》かべた。

「ああ、駄菓子屋《だがしや》の」

「そう」

みぞばたは細江町のアパートの近くにあった小さな駄菓子屋だった。入り口の横には「たばこ」と書かれたガラスケースが残っていたけれど、ケースの中は空っぽだった。入り口の引き戸はいつもしまっていて、休みかなと思いながら戸に手をかけると、がらがらとあいた。引き戸の鈴がちりちりと鳴って、奥《おく》からおばあさんがのっそり出てきた。せまい店内の一方の壁《かべ》が駄菓子の棚《たな》だった。

「自転車でみぞばたにも行ったの?」

「行ったけど、カーテンがしまってて、戸もあかなかったよ」

「おばあさん、死んじゃったのかな」

「え?」と、圭がわたしの顔を見た。

わたしは自分のリュックからハイチュウを出し、圭に一粒《ひとつぶ》渡した。

「みぞばたに猫《ねこ》がいたよね」と圭は言った。

「いたかな」

わたしもハイチュウの包みを開いて口に入れる。

「いたよ。『ひじき』って名前の黒い猫。ときどき店の前で寝《ね》てた。窓の内側のガラスの棚の上で寝《ね》てることもあった」

「みぞばたに行ったのは、その猫《ねこ》を見るため？」

そう、と圭はうなずいた。「でも、いなかった」

「あちこち行ってるんだね」

「保育園にも行ったよ。お寺のほうにも行った。黒い着物を着た人がいて、『おいで』って呼《よ》ばれた。その人、園長先生だった。隣《となり》のお寺の人の格好をしていたからわかんなかったけど」

園長先生は市議会議員もしていて、めったに保育園には来なかったけれど、境内《けいだい》で出会うと、「いい子にしてますか。しっかり遊びなさい」と、かならず言った。

「園長先生は圭のことを覚えてた？」

「さあ、それはわからないけど。何年生になったのってきかれたよ。三年って答えたら、大きくなりましたねって。まるでぼくのことを覚えてるみたいに、なつかしそうに言ってた」

「卒園児のことは覚えていなきゃ悪いって思ってるんじゃないかな」

わたしはリュックから麦茶のペットボトルを二本出し、一本を圭に渡《わた》した。

すぐそばで圭の声をきいていると、圭の中から昔の時間が流れでてくるみたいな気がした。

昔、くっついて寝《ね》ていたときの、まだ手や足がふにゃふにゃと柔《やわ》らかかった圭の丸っこい感じ。圭は笑いだすと笑いが止まらなくなることがあった。泣き声のような高い声をあいだにまぜながら笑いつづけ、笑いやんだかと思うと、また笑いだした。

幼《おさな》いときの圭の姿《すがた》は、離《はな》れていたあいだも、ずっと頭の中に破片《はへん》のように浮《う》かんでいた。だってね、だってね、という言葉だったり、靴《くつ》をはかせてもらうために玄関《げんかん》のかまちに腰《こし》をおろし、ぴんと前にのばした両足だったり、幼児用《ようじよう》のフォークをにぎった手の丸い甲《こう》だったり、眠《ねむ》っている圭の紫色《むらさきいろ》のタンクトップの背中《せなか》だったり、さらさらした前髪《まえがみ》だったり。そういうのがばらばらに頭の中に漂《ただよ》っていて、そのどれかをはっきり思い浮かべようとすると、いまの圭はきっとそんなふうじゃないと思えて、苦しくなるような気がしたから、わたしは破片をつかまえないようにしていた。

わたしは顔の前で両方の手のひらを開いてみた。指をくっつけてのばし、短いわたしの小指を見た。小指は三本の長い指のはじっこに無理してくっついているみたいに見えた。これはわたしのしるし。自分の体でいちばん好きな部分だった。ぴんとのばしても、どうしようもなく頼《たよ》りなくて短いのだ。わたしは両手の指を組みあわせると、膝《ひざ》の上におろした。

「一時間ぐらいで着くんだっけ」とわたしは言った。

「一時間十分くらい」

「野元さんちにはいつも行ってるの？」

「猫《ねこ》がいるからね」

「猫？」

「うん、猫」

猫か、と思う。わたしの知らない町で圭は暮《く》らしていたんだな、と思う。たった四年間なのに、圭の中にはわたしの知らないことがいっぱいつまっている。

「じゃあ、あと四十五分くらいで着きます」と、わたしは腕時計《うでどけい》を見て言った。


改札口に、ヤシの木がプリントされたTシャツを着たおばあちゃんが立っていた。わたしが気づくよりも先に、おばあちゃんはわたしたちを見つけて、にこにこと手をふっていた。

「いらっしゃい」とおばあちゃんはわたしに言い、圭の頭をぽんぽんと軽くたたいた。

駅前の駐車場《ちゅうしゃじょう》に停《と》めてあった軽自動車にわたしたちを乗せると、「おなか、すいてる？」と、おばあちゃんは車をスタートさせながら、わたしにか、圭にか、きいた。

助手席の圭はリュックをあけて、中をのぞきこんでいた。

「ちょっと早いけども」と、前をむいたままおばあちゃんは言った。「森山食堂へ行こうかね。そのまえに、塚本《つかもと》にちょっと寄るよ」

塚本というのはおばあちゃんが働いている八百屋で、塚本商店のことだ。

繁華街《はんかがい》を抜《ぬ》け、信号で何度か止まり、何度か道を曲って、車は細い通りへと入っていった。

おばあちゃんは運転をしながら圭に「学校はどう？」ときき、「お友だちはできたの？」とき き、「ちゃんとお父さんの言うことをきいてる？」ときいた。圭は「まあ」とか「うん」と、あいまいな返事を返していた。家にいるときよりくつろいでいるように見えた。

おばあちゃんは車を塚本商店の裏側《うらがわ》の庭のような場所に、停めてあった軽トラックにならべて停めた。塚本商店は二本の道にはさまれるように建てられていた。一軒《けん》の家の裏側が自宅《じたく》で、表側が八百屋になっていた。庭は車が二台停められると、それだけでいっぱいになった。テラスのような場所に空の段《だん》ボール箱が山積みにされていた。その後ろのリッシ窓《まど》の内側にも段ボール箱が見えていたし、家具がまるで押《お》しこまれたようにつめて置かれていた。

わたしたちを車からおろすと、ちょっと待ってて、とおばあちゃんは玄関《げんかん》から入っていった。

あけたままの玄関口から奥《おく》の八百屋の店内が見えた。ザルに盛《も》られた果物や野菜が見えた。レジのカウンターや、重ねられた買い物バスケットも見える。横のほうにはガラスの陳列棚《ちんれつだな》もある。

レジカウンターをはさんでおばあちゃんが話している人が塚本商店の奥《おく》さんだった。奥さんがこっちをむき、それからすぐにカウンターから出てきた。土間を通ってわたしたちのところまで来た。おばあちゃんも出てきた。

「いらっしゃい」と奥《おく》さんは言った。

塚本さんの旦那《だんな》さんはずっとまえに亡《な》くなって、そのあとは奥さんが一人で店をやっている、というのは、お父さんからゆうべ、きいた話だった。

お父さんは、わたしがお風呂《ふろ》からあがるのを待っていたみたいに、ダイニングテーブルで話しはじめたのだった。「あのなあ、おばあちゃんの勤《つと》め先ってことだけじゃなくて、お母さんも、むこうにいたころにはよくしてもらっていたらしいぞ」と言った。「おばあちゃんの昔からの知りあいでもあったらしいんだ」

塚本商店の近所に住むおばあちゃんがパートで働きはじめたのは、塚本さんの旦那さんがまだ元気だったころで、そのおばあちゃんがいまでは奥さんの片腕《かたうで》になっているんだ、とお父さんは言っていた。

「おばあちゃんは朝から、今夜二人にどんなご馳走《ちそう》を作ってあげようかって、あれこれ考えてるわよ」

赤いエプロンをした奥さんは歯切れのいいしゃべり方をする人だった。「鈴ちゃんも来てくれるからって、そりゃあ、はりきってたわ」

あーはっ、とおばあちゃんが高い笑い声を出した。

「じゃあ、ちょっと早いけれど、お昼を食べさせてきますね」とおばあちゃんは奥さんに言った。それから、「あ、そうだ」と、何かを思いだしたらしく、店にもどっていった。店のほうでお客さんの声がして、じゃあね、と奥さんもいそいで店にもどっていった。

「見て」圭が言った。

ふりむくと、圭は空を指さしていた。

飛行機雲かと思いながら空を仰《あお》ぐと、まっ青な空を飛行機が飛んでいた。そしてその飛行機よりさらに高いところを、もう一機の飛行機が反対方向にむかって飛んでいた。二機はちょうど交差したところだった。飛行機は止まっているように見えたけれど、見ていると二機の距離《きょり》は少しずつ広がっていった。

さあ行こう、とおばあちゃんが家から出てきた。「野元さんにいま電話しておいたから。あとで、車で森山食堂に迎《むか》えに来てくれるって」

白いトートバッグをさげたおばあちゃんはせかせかした足取りでわたしたちの前を歩いていった。

はっきりどこが、と言えないけれど、おばあちゃんはお母さんにどこか似ている。顔立ちや体つきが、というよりも、何かをしようとするときのしぐさというか。言い表せないような何か。

おばあちゃんがまがっていった角をまがると、三、四軒《けん》先におばあちゃんは待っていた。紺色《こんいろ》ののれんがさがっていて、そこが森山食堂だった。

「さあ、入って、入って」とおばあちゃんは言った。

食堂には壁《かべ》ぎわに小さいテーブルが三つならび、片側《かたがわ》はカウンターで、そこに年取った感じの男の人がすわっていた。カウンターの中の女の人が「あら、圭くん、いらっしゃい」と言った。

カウンターの男の人もふり返ってわたしたちを見た。その人の前にはビールの瓶《びん》が出ていた。「咲江《さきえ》さんの孫？」と、その人はおばあちゃんに言って、わたしと圭を見くらべた。

「そうよ。遊びに来てくれたのよ」と、おばあちゃんは自慢《じまん》げに答えた。古くからの知りあいらしかった。

「なんでもいいから、好きなものを食べて」と、椅子《いす》を引きながらおばあちゃんは言った。

壁に、手書きで「中華《ちゅうか》そば」「ざるそば」「肉うどん」「親子丼《おやこどん》」などと書かれた短冊《たんざく》が貼《は》ってある。

「ぼく、中華そば」と圭は言った。

わたしもそうしようかな、とおばあちゃんも言い、わたしもおなじものにした。

ふっと、ずっとまえに来たことがあるような気がした。お母さんと圭と、三人で。テーブルをかこんで食事をした、ような気がした。でも、三人でここに来たことはないはずだった。

わたしは店の中をそっと見まわした。カウンターにはいなり寿司《ずし》を盛《も》った大皿と、おにぎりをならべた大皿があった。テレビがのっている吊《つ》り棚《だな》の下にはウォーターサーラーと、グラスをふせたカゴがある。

お母さんはカウンターの小皿を一枚《まい》取って、そこにいなり寿司を三つ取ったんじゃなかったっけ。だってお母さんはいなり寿司が大好きだったから。おうどんを、圭のと、わたしのと、二つのお椀《わん》によそってくれて、わたしはちゅるちゅるおうどんをすすった。いなり寿司は一人一個だからね、とお母さんは言って、自分は丼《どんぶり》からじかにおうどんをすすりあげた。そんな気がする。あれはこの店じゃなかったんだろうか。

中華そばが三つ運ばれてきた。

「百代《ももよ》ちゃんに似てるのね」

丼を三人の前に置いてから、店の人はやさしくわたしに言った。「百代ちゃんは中学生くらいのときから知ってるのよ。よく食べに来てたから」

わたしはうなずく。

おばあちゃんが箸立《はした》てから割《わ》り箸《ばし》を三膳《ぜん》取って、わたしと圭に渡《わた》してくれた。

「百代ちゃん、陸上部でしたっけ？」と、その人はおばあちゃんに言った。

「そうよ。中学生のときは毎日練習でまっ黒に日焼けしてて。いつもおなかをすかせてて」

とおばあちゃんは答え、食べなさい、とわたしたちに言った。

お母さんが亡《な》くなったことについて何か言うのかなと身がまえていたけれど、その人は何も言わず、ごゆっくり、とテーブルから離《はな》れていった。そのとき前ぶれもなく、「お母さんは死んじゃった」と頭の中にきこえた。

いただきます。わたしは割《わ》り箸《ばし》を割った。

19

野元さんの家までは森山食堂から車で二十分ほどだった。

「猫《ねこ》たち、待ってるわよ」

言いながら野元さんは玄関《げんかん》ドアを細くあけ、わたしと圭を押《お》しこむように家に入れた。

家の中には甘《あま》いお菓子《かし》の香《かお》りが漂《ただよ》っていた。

廊下《ろうか》に猫が二匹《ひき》、こちらをむいてすわっていた。

「コメ。ミツ」

野元さんは家にあがりながら猫たちの名前を呼《よ》んだ。

圭が近づいても猫たちは逃《に》げなかった。圭は一匹の猫を抱《だ》きあげると、この家のことをよく知っているような足取りでリビングに入っていった。

リビングのソファにはもう一匹、茶色の猫がいて、こっちを見ていた。猫を抱いたまま、圭はその猫の横に腰《こし》をおろし、「チョコ」と呼びかけた。

圭は腕《うで》の中の猫《ねこ》をチョコの反対側におろして、猫二匹《ひき》にはさまれる格好になった。わたしは、むかいのひじ掛《か》け椅子《いす》に腰《こし》をおろした。

野元さんはアイスクリームを出してくれた。ガラスの器《うつわ》に盛《も》られたアイスクリームにはミントの葉がそえられている。

「圭くんは、あなたが卒業した小学校に通ってるのね」

野元さんはわたしにきいた。野元さんは会ったときからずっと、やさしく気づかうようにわたしに話しかけていた。

「そうです」

「うちには子どもがいないから、圭くんと知りあいになれてほんとうに喜んでいたんだけど、鈴さんもこうして来てくれるなんてね。これも百代さんのおかげだわ」

野元さんはきれいにお化粧《けしょう》をしていた。艶《つや》やかな髪《かみ》にはゆったりとウェーブがかかっていた。野元さんはアイスクリームを食べている圭をやさしいまなざしで見ていた。

「きょうはお姉さんがいっしょだから、どうかな。わたしは行かなくても大丈夫《だいじょうぶ》？　二人で行ってもらおうかな」と野元さんは言った。

圭は顔をあげると、大きくうなずいた。

野元さんはチョコという名の猫を膝《ひざ》に抱《だ》き、手のひらでやさしく背中《せなか》をなでていた。猫はうっとりと目を閉《と》じている。しずかな家だった。

「じゃあ、そろそろお願いね。猫たち待ってるわよ」

わたしたちがアイスクリームを食べ終えるころを見はからって、野元さんは言った。野元さんの言う「猫たち」は、この家の猫たちのことではなさそうだった。

「帰ってくるころにはケーキも食べごろになってるわ。シフォンケーキを焼いたの」

野元さんはふくらんだエコバッグを圭に渡《わた》した。

それから野元さんはわたしの肩《かた》をやさしく抱くと、その手に少し力をこめて、「元気を出さなきゃだめよ」と言った。

「はい」

「百代さんが死んでしまったなんて、わたしはいまでも信じられないの。高校生のときから、かっこよかったのよ、あなたのお母さんは」と、野元さんはささやくように言った。

わたしはだまっていた。

野元さんは肩から手を離《はな》すと、わたしの背中を軽く二度たたいた。

わたしたちは家を出た。

「どこに行くの?」

「神社」と圭は答えた。

「持つよ」と受け取ったエコバッグの中にはドライキャットフードの袋《ふくろ》が入っていた。

「猫《ねこ》のだ」

「そう。猫の」と圭は答えた。

圭といっしょに住宅街《じゅうたくがい》の中をしばらく行くと、三叉路《さんさろ》にぶつかった。圭はせまいほうの、両側に草が生えている道へと進んだ。道をしばらく歩いていくと、小さな公園があった。フェンスでかこまれた公園の奥《おく》には灯籠《とうろう》と小さな社《やしろ》が見えている。

圭はエコバッグをわたしから受け取ると、「ここで待っててね。知らない人が近づくと、猫はおびえるからね」と言った。

圭は足音をしのばせるようにして、ゆっくり人気《ひとけ》のない公園を横切っていった。そして社に近づくと床下《ゆかした》をのぞきこみ、それから袋《ふくろ》に手をつっこんだ。

圭は袋からフードをつかみだしてはぱらぱらとあたりにまいた。社の石段《いしだん》の反対側にまわって、そっちにもぱらぱらとまいた。それから数本の木がしげっている裏手《うらて》へと消えていった。

猫が一匹《ぴき》、石灯籠《いしどうろう》の陰《かげ》から姿《すがた》をあらわした。背中《せなか》を低くしてそろそろと社に近づいていく。フェンス沿《ぞ》いに植えられている低木の茂《しげ》みの下からも一匹あらわれた。社の床下からも。あっという間に五、六匹の猫が出てきて、それぞれの場所で圭のまいたキャットフードを食べはじめた。こっちからは見えない木立の中でも、餌《えさ》を食べている猫がいるのかもしれなかった。

餌をまきおえた圭は、できるだけ猫から離《はな》れるようにして、またゆっくりとした足取りでもどってきた。

「いつもいる黒猫がいなかったけど」と圭は言った。

「福山に帰ってくると、いつも野良猫《のらねこ》に餌をやりに来ていたの？」

圭はうなずき、「つぎは歯医者」と言った。

圭とならんで歩きながら、わたしは道の両側に建つ家々に目をやった。新しい家も、それほど新しくない家もあった。どの家もわたしの住んでいる町で見かける家の大きさとだいたいおなじだったし、デザインも似ていた。小さな門があり、カーポートがあり、二、三段ステップがあって、玄関《げんかん》ドアがあった。塀《へい》や壁《かべ》の材質も、屋根の傾斜《けいしゃ》も似ていた。家並《いえな》みのところどころに、がらんと空き地があった。それからシャッターをおろした建物があって、ぽつんと自販機《じはんき》があった。風景はどことなく似ていた。道幅《みちはば》も、わたしの町の道路の幅とだいたいおなじだった。道路標識はまったくおなじだった。なにもかもがなんとなく似ているのに、でもここはまったく見知らぬ街なのだった。この町にいる人はわたしの知らない人たちばかりなのだ。

交通量の多い広い道路に出ると、その先にデンタルクリニックの大きな看板《かんばん》が見えていた。

「あそこ？」

「そう」

答えながら、圭は周囲に目を配っていた。猫《ねこ》がいないかさがしているようだった。

デンタルクリニックの広い駐車場《ちゅうしゃじょう》を圭は迷いのない足取りで進んで、建物の後ろにこんもりとしげっている竹やぶの中へと入っていった。

駐車場には黒い車と白い軽トラックと原付きバイクが停《と》まっていた。人影《ひとかげ》はなかった。駐車場だけでなく、道路にも人はいなかった。周囲をぐるっと見まわしてみても、人は見あたらなかった。ときどき道路を車が行《ゆ》き交《か》っているだけだった。ここが町のどのあたりになるのか、わたしにはまるで見当がつかなかった。

さっき野元さんに言われるまで、だれかから「鈴ちゃんのお母さんは死んだ」と言われたことはなかった。

お父さんも言わなかった。巻子さんも言わなかった。圭も言わなかった。おばあちゃんも言わない。お葬式《そうしき》のときも、そのまえの病院でも、だれかからはっきりと言葉で言われたことはなかった。

言われてしまうと、お母さんが「死」という言葉の中にするっと織りこまれ、そこらじゅうにある一般的《いっぱんてき》な「死」の一つになったような気がした。

わたしは駐車場に停められている丸っこい形の黒い車を見ながら、「お母さんは死んじゃった」と心の中で言ってみた。でも、どんな気持ちもわいてこなかった。だれかよその人のことのような気がした。

圭が小走りでもどってきた。

「四匹《ひき》いた。こそこそっと出てきたよ。やっぱり待ってたんだ。ほんとはぜんぶで八匹ぐらいいるはずなんだけどね」

「餌《えさ》をやりに行く場所はほかにもあるの？」

「あと一か所。すぐ近く」

圭はすたすたと早足で歩いていく。

来た道を半分ほどもどり、大きい木が立っている家の角をまがっていくと、「あそこ」と圭は指をさした。「ぼくが住んでいたところ」

二階建てのクリーム色のアパートが建っていた。

「二〇二号室だった」と圭は言った。

近づいていきながら、わたしは目で二階の、階段《かいだん》をあがったところから二番目のドアをさがした。

その部屋のドアの横の小窓《こまど》には、内側にレースのカーテンがかかっていた。だれか新しい人が住んでいるらしかった。

圭はアパートの前に数本植えられている小さな植木の下に餌《えさ》をぱらぱらとまいた。それから「待ってて」と言い残すと、エコバッグを抱《かか》えて建物の横手にまわっていった。

わたしは、お母さんがアパートの階段《かいだん》をあがっていくところを想像してみようとしたけれど、できなかった。目の前にあるのは、ただの知らない建物でしかなかった。

圭はお母さんが亡《な》くなったあとは、四十九日の法事がすむまでおばあちゃんの家で暮《く》らしていた。この近くの小学校に通っていた圭は、おばあちゃんの家で暮らすようになってからも転校はしないで、こっちの小学校までおばあちゃんの車で送り迎《むか》えしてもらっていたそうだ。

圭が建物の反対側からあらわれた。

「こっちの友だちには会わなくてもいいの？」

近づいてくるのを待ってからたずねた。

「うん。あのね、夏休みに会おうねって約束しているから」

「わかった。じゃ行こう。シフォンケーキ」とわたしは言った。

ダイニングテーブルにはお皿やティーカップが用意されていた。

「これくらい？　もっと？」

野元さんはナイフをケーキにあてながら、わたしたちにきいた。

わたしは圭より小さめに切ってもらった。

「圭くんは、おばあさんの家で暮らすようになってからも、土曜日には餌をやりに来てくれたのよ」と野元さんは言って、「ね」と圭を見た。

フォークを持った圭は野元さんを見てうなずき、それから後ろをふり返ってリビングの猫《ねこ》たちを見た。

わたしは生クリームが添《そ》えられたシフォンケーキを食べ、野元さんがいれてくれた紅茶《こうちゃ》を飲んだ。

「お味はどう？」

わたしはうなずいた。「おいしいです」

「百代さんは、まっすぐな人でもあったわねえ」

野元さんはわたしのむかいにすわっていた。わたしは野元さんと目をあわせないようにしていた。

「楽しい人だったけど、昔からいいかげんなことが嫌《きら》いっていうか、それでちょっと自分が窮屈《きゅうくつ》になっちゃうっていうか、そういう面もあったかなあ」

野元さんは、わざわざやってきた亡《な》くなった友人の娘《むすめ》に、自分が知っていることを伝えようとしているのかもしれなかった。

「窮屈ですか？」

「どう言えばいいのかしら。純粋《じゅんすい》な人だったんだと思うわ、わたしとちがって。あの人にはね、ちょっとほかの人にはない感じの純粋さがあったっていうか。それで、わたしともときどきけんかになって、よくわたしがしかられてた。高校生のときの話よ。ずっと昔の話」

野元さんは、お母さんのいいところをほめてくれようとしているんだなと思った。わたしはうなずいた。

「百代さんと」と言いかけて、野元さんはふふっと思いだしたように笑った。「試験勉強はまったくしないでおこうって約束したことがあったの。その結果、二人ともさんざんな成績だったんだけど、それでも、百代さんのほうが成績は良かったのよ。あの人、授業中の先生の話をぜんぶ頭に入れてたんじゃないかな。あー、でもどうだろう。家でこっそり勉強もしていたのかなあ。いやあ、そんな感じじゃなかったな、やっぱり。勉強するなんてかっこ悪いって思うようなところが、百代さんにはあったから」

野元さんはふふっと、また口の中で笑った。

「お母さんは高校生のとき、髪《かみ》をのばしていたんですか？」

「のばしてた。それから三年生になったとき、いきなりものすごく短くカットしてきて。そんなヘアスタイルをしている子はほかにはいなかったの。あ、でも、そうか。あのころからヘアスタイルには関心があったんだ。そうだったのよ」

野元さんに、お母さんはわたしのことを何か言っていませんでしたか、ときいてみたい、と思った。

「野良猫《のらねこ》の餌《えさ》やりもね、じつは百代さんがはじめたことなのよ。デンタルクリニックの人が気づいて、百代さんが来るのを待ち受けてもんくを言ったこともあったらしいわ。迷惑《めいわく》だからやめてほしいって。たぶんあのあたりの自治会からも注意を受けていたんじゃないかな。野良猫には餌をやるなって。でも、百代さんはやめなかった。だからわたしが引きついでいるの。やめないの」

野元さんはかすかに笑った。

お母さんと猫のことで何か思いだせることはないかと考えてみたけれど、猫とお母さんが結びつく場面は浮《う》かんでこなかった。

「猫だって、だれかが守ってやらなきゃって、あの人」

はい。わたしはうなずいた。お母さんについて、知らないことばかりが増えていくようだった。

「鈴ちゃん」と、野元さんはあらたまった声で言った。

思わず野元さんを見た。

「鈴ちゃんのお母さんってすてきな人だったのよ」

どきん、と胸《むね》が鳴った。急に胸の中から何かがあふれそうになった。

わたしはお母さんを守りたいと思っていたんじゃなかったっけ、と思った。お母さんが高い熱が出て寝《ね》こんだとき。わたしは、眠《ねむ》ってしまったお母さんの鼻に顔を近づけて、お母さんが息をしているかどうか、何度も確かめた。お母さんをぜったい守ろう、とあのときわたしは心に決めたのだ。なのに、わたしは守れなかった。

涙《なみだ》がこぼれないようにまばたきをくり返して、いそいで残りのケーキを食べた。

顔をあげると、圭はもうケーキを食べ終えていて、顔を横にむけてテレビを見ていた。

圭がぱっとわたしのほうをむいた。

「ダイオウイカってどれくらいの大きさ？」ときいた。

「知らない」と答えると、ふーん、とまたテレビのほうをむいた。

20

おばあちゃんは香辛料《こうしんりょう》の効《き》いたスペアリブを焼いてくれた。オーブンでスペアリブを焼いているあいだに、きゅうりもみを作り、豚汁《ぶたじる》とドライカレーも作ってくれた。

おばあちゃんが暮《く》らしているこの小さな家は、おじいちゃんが亡《な》くなる数年まえに買ったものだ、とお父さんは言っていた。それまで長年住んでいた借家を急に明け渡《わた》すことになり、たまたま近所に売りに出されていた家があったので買うことにしたのだ、と。ということは、以前住んでいた家がお母さんの育った家で、この家ではお母さんはほとんど暮らしてはいない。

きょうこの家に入ってきて下駄箱《げたばこ》の上の羊の絵を見たとたん、小さかったときに赤ちゃんだった圭と、両親につれられてこの家に来たことがあった、と思いだした。

でも泊《と》まりはしなかった。ちょっとだけいて、それからどこかへみんなで出かけたのだ。

おじいちゃんもいっしょだった。とっても太っていたおじいちゃんは扇子《せんす》を持ち歩いて、始終顔をあおいでいた。

四年まえに福山にもどってからは、お母さんは圭をつれて何度もこの家に来たはずだった。わたしは部屋の中を見まわした。でも、どこにもお母さんの残した印のようなものは見つからなかった。

「おばあちゃん」とわたしは言った。

「なあに」

「八百屋のお仕事って大変なの？」

「大変じゃないわよ。もう二十年近く塚本で働いてきたんだから。塚本の仕事があってよかったって、このごろ思うの。おじいちゃんがあんなに早くに死んじゃうなんて思わなかったから。仕事があって助かるってことがあるんだなって。それに、このたびも」と、そこでおばあちゃんは言葉を切った。

おばあちゃんはスペアリブをかじりはじめた。おばあちゃんの髪《かみ》はお葬式《そうしき》のときには栗色《くりいろ》だったのに、いまは頭の上のほうは白髪《しらが》になっている。白髪を染《そ》めるのをやめたのだろうか。

「おばあちゃんはどこにも悪いところはないんでしょう。元気なんだよね」

「元気？」と、おばあちゃんは初めてきく言葉のようにくり返した。眉毛《まゆげ》をあげて「まあ、そういう言い方になるかもね。どんな言い方でもいいの。やらなきゃなんないことをやってるだけ」と言った。

圭はわたしとおばあちゃんの会話には入ってこないで、まずドライカレーを食べ終え、つぎにスペアリブにとりかかっていた。圭は噛《か》みついた肉を骨《ほね》から引きはがそうとしていた。

「わたしはね、小さいときに父親が死んだの。それから小さかった弟が死んで、そのあと母親も死んで、夫に死なれ、娘《むすめ》に死なれ、そんな人生よ」

いつかテレビで見たゴルフ場の芝生《しばふ》が頭に浮《う》かんだ。手入れされた緑の芝生がどこまでも広がっていて、遠くに縁取《ふちど》りのように林が見えて、芝生のほかに見えているのは空だけで、人影《ひとかげ》もなかった。

「それって、もしかしたら砂漠《さばく》みたいな感じ？」と、わたしは頭の中に浮かんだ景色とは反対のことを言った。言ってしまってから、自分がひどいことを言ったことに気がついた。

「そう、砂漠よ」

おばあちゃんは小さく笑った。「あのね、おじいちゃんの癖《くせ》ってね、話をしていて『そうなんだよ、そのとおりなんだよ』って言いながら、こう、ぽん、と手を打ったの。あれがおじいちゃんだったな、と思いだすの。いろんなことは忘《わす》れちゃったけど、それだけ覚えてりゃいいなって思ってる」

圭は三本目のスペアリブを食べ終えようとしていた。

わたしはおばあちゃんの後ろに見えている流し台のステンレスの水切りかごに目をやった。お皿が二枚《まい》立っている。グラスが一個ふせてある。水切りかごのプラスチックのポケットには二本の木のスプーン。

「どう言ったらいいのかしら。あのね、悲しみが行きすぎると、半分うそになったりもするからね」とおばあちゃんは言った。「わたしはあんまり悲しまないようにしているの。悲しくなりそうになると、お水を飲むことにしてるの。そしたら、胸《むね》につまりかけていたものが取れるから」

おばあちゃんはかすかに笑った。

「おばあちゃん、いま何歳《なんさい》だっけ?」

ほほっと声をたてて、「まだ六十四歳」とおばあちゃんは言った。

「徳島におじさんもおばさんもいるし、翔《しょう》太《た》くんや美空《みそら》ちゃんもいるからね」

「そうよ。夏休みにはまた、みんなで来るって」

「ごちそうさま」と圭が言った。ペーパータオルで手をふいて、それから口もぬぐった。

「テレビ、見るよ」と圭は席を立った。

「体に気をつけてね」と、わたしはおばあちゃんに言った。

「はい、ありがとう」

た。

「お茶碗《ちゃわん》はわたしが洗《あら》うね」

「だめだめ。お客さんだから、鈴ちゃんと圭ちゃんは。テレビを見てて」

おばあちゃんがテーブルをかたづけはじめたので、わたしはテレビのある畳《たたみ》の部屋に移った。

テレビはついていたけれど、その前に圭はいなかった。

圭は隣《となり》の暗い部屋にいた。こちらに背《せ》をむけてかしこまってすわり、手元の何かをのぞきこんでいた。

そっと近づいていくと、圭は二つ折りの携帯《けいたい》電話を開いてその画面をのぞいていた。そこにはお母さんが写っていた。缶《かん》コーヒーを持った手を上にあげて笑っている。

わたしは圭のそばにすわった。

「これ、お母さんの携帯電話」と、圭は小さい声で言った。「まだ、あるよ」

圭は指でボタンを操作《そうさ》して、べつの画像を出した。

お母さんが野元さんと肩《かた》を組んで笑っている。べつの写真は圭の後《うし》ろ姿《すがた》。それから桜の下でサンドイッチを食べている圭。つぎの写真は、お母さんが缶ビールを片手《かたて》に黄色いスカートをふわっと広げてすわっている。

圭はつぎつぎに写真を開いてみせた。

草むらにしゃがんでいる圭と猫。神社の前でむかいあっているお母さんと猫。二匹《ひき》の猫。

家の中でのお母さんはテーブルにひじをついている。その前には読みかけの本があった。

急に涙《なみだ》が出てきたけれど、圭に気づかれたくなくて、わたしは指で鼻をつまみ、息を止めた。

「わかったでしょ。ぼくとお母さんはいっしょだったんだよ」と、画面を見たまま圭は言った。ひっそりとした声だった。

圭は待ち受け画面にもどすと電源《でんげん》をオフにした。そして携帯《けいたい》電話のコードをコンセントから抜《ぬ》き、立ちあがって簞笥《たんす》の引き出しに入れた。そこに携帯電話はしまわれていたらしかった。

わたしは圭のそばを離《はな》れた。台所からは水の音がきこえていた。

トイレに入ってドアをしめた。

わたしはトイレットペーパーで涙《なみだ》をふいた。圭は福山に帰ってくるたびに、簞笥にしまわれているお母さんの携帯電話を取りだして、お母さんの写真を見ていたのだ。

弟は、と思った。自分の気持ちをだれにも話せなくて、話す言葉が見つからなくて、そうしろと言われたから、わたしたちと暮《く》らし、友だちもほとんどいない学校に通っているのだ。弟は毎日、しなきゃいけないと決められていることをしていたのだ。圭にはここしか逃《に》げこむ場所がなかったのかもしれない。でも、ここも、圭にとってはちょっとだけいる場所にはなっても、ずっといられる場所じゃない。どこにもいられなくて、だから圭は自転車で走りまわっているのだろうか。地図に印をつけながら、どこかに自分が安心していられる場所をさがしていたんだろうか。

わたしは使っていないトイレの水を流して外に出た。

おばあちゃんは、わたしのと圭のと、ふとんをならべてしいてくれた。

圭はリュックから漫画本《まんがぼん》を二冊《さつ》取り出し、「読むけど、いい？」ときいた。

いいよ、とわたしは言った。「新しい漫画を買えばいいのに」

圭が家から持ってきた二冊はかなり傷《いた》んでいる。

「この本にあきたら買うから」と、仰向《あおむ》いて圭は言った。

「まだあきていないの？」

「だって、気づいていないところが見つかるもん」

「お母さんて、本を読むのが好きだったよね。どんな本を読んでいたか知ってる？」

「わからないよ」

「そうか。じゃあもう寝《ね》るね」

「うん」

わたしは目を閉《と》じた。

おばあちゃんが見ているテレビの音がきこえていた。

起きて、簞笥《たんす》の引き出しからお母さんの携帯《けいたい》電話を取りだして、もう一度見てみたいと思った。でも、そんなことはできなかった。

圭がくすっと笑った。圭がすごい速さでページを繰《く》る音がきこえる。何十回も読んでいる漫画《まんが》なのだから、話の筋《すじ》は完全に頭に入っているのだろう。こういう場面があって、そのつぎに変なやつが出てきて、会話があって、そのつぎのページが山で、笑える、というふうに、ぜんぶわかっている筋をたどっていくのは安心して物語に浸《ひた》っていけるのかもしれない。

圭はばさっと漫画を枕元《まくらもと》に置いた。あっという間に一冊《さつ》読み終えたのだ。つぎの一冊を手に取り、表紙をめくる音がする。


目がさめると、部屋は暗かった。隣《となり》の部屋もしずまっていた。おばあちゃんも眠《ねむ》ったのだ。圭の寝息《ねいき》がきこえる。

家は夜にすっぽりと包まれていた。

目をあけていると、闇《やみ》が戸の隙間《すきま》からじわじわとにじむように部屋に入りこんでいるような気がした。何の音もしなかった。闇が音も飲みこんでしまったような気がした。

目が冴《さ》えてきた。

野元さんがお母さんについて話したことは、わたしの知らないことだった。そうだったのか、お母さんて、そういう人だったのか、と思おうとすると、暗いところに足を突《つ》っこむみたいな気持ちになった。お母さんは、わたしの知らない長い長い時間を生きて、だれにも話さなかったたくさんのことを胸《むね》にしまったまま亡《な》くなったんだということが、すうっと体に染《し》みるようにわかった。

わたしはまばたきをした。空中に何かが漂《ただよ》っているような気がした。

部屋の大きさが寝るまえよりも広がっているような気がした。部屋の一部が溶《と》けてあいまいになっているような気がしたけれど、そっちには目をむけないようにした。隣の部屋で寝ているのが、おばあちゃんではなくてお母さんだったらいいのに、と思った。

部屋は少し広がり、それから少しちぢんだ。部屋がぐるぐると動きだすような予感がした。いまに大きい音がして、がたんと大ゆれするような気がした。自分がばらばらになってしまいそうだった。

わたしは、はっは、と息をした。

はっは、はっは。はあはあ。はあはあは。

わたしは両手で肌《はだ》ぶとんをぎゅっとつかみ、目をかたく閉《と》じた。息を止めた。がまんできなくなるまで息を止めて、それから吐《は》きだした。脈《みゃく》の音がわくわくときこえた。

わたしは目を開いた。

それから寝《ね》ている圭を見た。圭は上向いて寝ていた。くちびるを少しあけて、規則正しい呼吸《こきゅう》をしていた。

お母さんが亡《な》くなったあと、この家で暮《く》らしていた圭に、わたしは一度も電話をしなかった。それまでも電話で圭と話したことはなかったから、気軽に電話できなかった、というのもあるけれど、わたしは、圭はどこか高い木の上に登っている気がしていた。おーい、と下から呼《よ》んでも声が届《とど》かないくらいに高い木のてっぺんにいて、どこか遠くの空のほうを見ているような気がしていた。下にいるわたしには気づかずに、雲をながめているような気がしていた。わたしのそばでもなく、お母さんのそばでもない場所に圭はいて、わたしからは見えないものを見ているような、そんな気がしていた。

体の上をすうっと冷たい空気が流れた。

わたしは肌《はだ》ぶとんをはねのけ、ふとんの上に起きあがった。それから立ちあがって、ガラス戸のカーテンをそっとあけた。ガラス戸も音をたてないようにあけた。足音をしのばせて縁側《えんがわ》に出て、サンダルをはいて庭におりた。

外の空気は乾《かわ》いてひんやりしていた。闇夜《やみよ》ではなかった。星が見えていた。月も出ている。小さな庭に植えられた木や草花の葉が白く光っていた。空気が透《す》きとおっていた。わたしは深く息を吸《す》った。雲がゆっくりと動いていくのがわかった。首を大きく動かして空全体を見《み》渡《わた》した。

空はどこまでもどこまでも果てしなく広がっていた。宇宙《うちゅう》の暗闇《くらやみ》が広がっているんだと思った。遠い時間がどこまでもつながっている。

庭には紫陽花《あじさい》も植えられていた。背《せ》の高い木の根元には細長い葉をいろんな向きにたわませている植物が生えていた。斑点《はんてん》のある茅《かや》の茂《しげ》みもあった。闇の中に半分沈《しず》みながら、植物たちはひっそりとしげっていた。

わたしは大きく息を吸って、ゆっくりと長く吐いて、さっき感じていたことをもう一度確かめてみようとした。けれど、さっきまでの気持ちはもうぼやぼやとしか感じられなかった。いろんな気持ちは手の先や髪《かみ》の毛の先からこぼれ落ちてしまったのかもしれなかった。呼吸にまじって体の中から流れでていったのかもしれなかった。胸《むね》のどきどきだけはまだ残っていた。植物たちとおなじように、闇が体をとかしこんでくれているような気がした。

ふっと月田のことが浮《う》かんだ。月田も戸をあけて外に出てみればいいのに、と思った。夜はただ、しずまっているだけだよ。闇は広がっているけれど、月の光がやさしいよ。月田、今夜も家のあちこちの明かりをつけたままにして眠《ねむ》っているのだろうか。

わたしはまた深く息を吸《す》いこんだ。それから大きく吐《は》いて、大きくまた吸った。そして吐いた。

わたしは縁側《えんがわ》にあがり、部屋に入った。音をたてないようにガラス戸をしめ、カーテンもしめてふとんにもどった。

足も手もまっすぐのばして、上をむいて目を閉《と》じた。じっと動かずにいよう、と思ったけれど、すぐに落ち着かない気がして、いつも寝《ね》るときはそうしているように、右を下にして横向きになった。

21

おばあちゃんは野菜がいっぱいの朝ごはんを作ってくれた。トマトとレタスとアスパラガスのサラダ、トマトのスープ、たまごとハムときゅうりのサンドイッチ。

「おいしいです」とわたしは言った。「ね」と圭を見ると、サンドイッチをほおばったまま、うん、とうなずいた。

食事を終えると、わたしはおばあちゃんを手伝って食器を洗《あら》った。

「嫌《きら》いな野菜は何？」

くるくるとスポンジでお皿を洗いながら、おばあちゃんはきいた。

わたしはお皿を受け取って水ですすぐ。

「とくにないよ」

「じゃがいもも、かぼちゃも、大根も袋《ふくろ》に入れたけど、そんな細い腕《うで》で持てるかしらね。圭ちゃんはたしか、ピーマンとにんじんが嫌いだけど、それも入れておいたわ」

圭は「嫌《きら》いなものは煮《に》えてないきのこ」としか言わなかった。なんだ、あいつ、無理してピーマンとにんじんを食べてたんだ。

おばあちゃんは石けんで洗《あら》ったコーヒーカップをわたしに渡《わた》すと、「水切りに入れておくだけでいい。ふかなくていいからね」と言いおいて、台所の床《ゆか》に置かれていた野菜のつまったビニール袋《ぶくろ》の口を開いた。

おばあちゃんは、大根やかぼちゃ、じゃがいもなどをどう分けて入れれば、八歳《さい》と十二歳が持てる重さになるか、野菜を入れたり出したりして、やや重そうな袋と、それほど重くなさそうな袋を作った。

「あのね、おばあちゃん」と、わたしは思いきって切りだした。「箪笥《たんす》にしまってあるお母さんの携帯《けいたい》電話を持って帰っちゃいけないかな」

え、とおばあちゃんは何のことかわからないような顔をした。

圭がぱっとわたしをふりむいた。

「ああ、百代の携帯電話のこと。しまったままになってる」

あいたた、とおばあちゃんは腰《こし》をのばした。

「あの中には写真が入っているから。持って帰ってお父さんのパソコンにデータを移して、それをプリントしておばあちゃんにも送ってあげるから」

テレビの部屋の箪笥の上には小さな仏壇《ぶつだん》があった。けれど、おばあちゃんはお母さんの写真もおじいちゃんの写真も飾《かざ》っていなかった。

ふんふん、とおばあちゃんはうなずき、「いいよ。そうしなさい」と言った。「ほかにもお母さんのものはたくさんあるのよ。まだぜんぜんかたづけていないから。持って帰りたいものがあれば持って帰っていいのよ」

「どこにあるの？」

台所と和室二間のこの家のどこにそんな荷物があるのだろう。

「塚本にあずかってもらっているの。箪笥もそのまま置かせてもらってる。洋服なんかも」

「またこんど来たときに」とわたしは言った。「見せてもらうかもしれない」

「百代の洋服のあいだに、鈴ちゃんの空色のコートも、たしかあったようだけど。鈴ちゃんが小さいときに着てたコート。フードのついてる」

ああ。そういえば、わたしは小さいとき、空色のコートを着ていた。保育園に毎日着ていっていた。あれを、お母さんはこっちに持ってきていたのか。

「あのね」とわたしは言った。「うちにも遊びに来てね」

うんうん、とおばあちゃんはうなずいた。「またおいでよ」

「どこか行ってみたいところがある？」と、車を運転しながらおばあちゃんはたずねた。

「お城《しろ》とか、動物園とか」

圭に「行きたい？」とたずねると、「まえに行ったことがあるから」と答えた。

「またこんど来たときに」とわたしは言った。

おばあちゃんはデパートに行って、わたしたちに洋服を買ってあげると言った。いいです、と言っても、「したいのよ。そういうことが」と言って、十時を過ぎると家を出てきたのだ。

「家では、お父さんがいつも料理をしているの？」と、おばあちゃんは、わたしたちがこっちに来てから初めてお父さんのことをきいた。

「だいたいはお父さん。たまにわたしも手伝うけど」

巻子さんのことはだまっていることにした。巻子さんがどういう人かをおばあちゃんにわかるように説明できそうになかったし、巻子さんをお父さんの友だち、と言っていいのか、わたしたちの友だちと言っていいのか、わからなかったから。友だち、というのもちがうような気がしたから。

「ほら、この学校」と、おばあちゃんはハンドルから手を離《はな》して右手を指さした。

グラウンドがあり、その奥《おく》に三階建ての校舎が見えていた。

「百代が卒業した高校」

わたしはその高校のいろんな場所に目をむけた。さびの浮《う》いたフェンス、白っぽい土のグラウンド、校舎へのコンクリートの階段《かいだん》、緑の花壇《かだん》。どの窓《まど》もしまっていた。わたしにはほとんど関係ないけれど、少しだけ関係のある学校。

「成績はぱっとしなかったけど、あの子」

おばあちゃんは楽しい思い出のように言った。この学校をわたしに見せるために、おばあちゃんはわざわざ遠回りしたのか、それともいつもの通り道なのか、わたしにはわからなかった。

「わたしもぱっとしない」

「いいの、いいの。そんなの、たいしたことじゃない」

「おばあちゃんの好きな野菜は何？」

高校は後ろに飛び去った。

おばあちゃんは首をすくめた。「あのね、じつはわたし、昔はあんまり野菜が好きじゃなかったのよ、若《わか》いころは。でも、いつのまにか食べるようになっちゃって。商売柄《しょうばいがら》っていうかね。売れ残ったものを安く塚本の奥さんが分けてくれるから。おじいさんもほんとはお肉が好きだったのに、わたしは野菜ばっかり食べさせちゃった。さあてと、お昼は二人に何をご馳走《ちそう》しようかな」

「じゃあ、お肉にする?」とわたしはおばあちゃんに言ってから、「ハンバーグは?」と圭にきいた。

「うん」と、助手席の圭は前をむいたままうなずいた。

お母さんの携帯電話《けいたい》は圭のリュックに入っていた。圭はリュックを胸《むね》に抱《だ》いていた。

「じゃあハンバーグ定食といきますか」

赤信号で車を止めると、おばあちゃんはわたしをふり返った。

おばあちゃんの鼻の形と母さんの鼻の形はやっぱり似てる、とわたしは思った。

22

「美術の古村先生って『いい絵』についていろいろ難《むずか》しそうなことを言うけど、でも、わたしたちがそのうちいい絵を描《か》くようになるだろう、とは信じていないんだよね。それがわかるもん。そういうまなざしの中で絵を描いてると、自分でもいい絵は描けないような気がしてくるんだよね」

月田は机《つくえ》の中のものを一つ一つ鞄《かばん》に入れていく。「だんだん自信がなくなりそうだったから」

月田は巻子さんがやっている絵の教室に期末テストが終わってから入ることになっていた。

「夜、だれかが入ってきそうな感じはなくなった？」

「いや、いまでも電気はつけっぱなしにしてる。夜を相手にしちゃ闘《たたか》いようもないけどね。できるのはそれぐらいしかないから。起きてることを知らせてる」

「知らせるってだれに」

「夜に」

わたしは笑った。

「ママが電気代がもったいないって言うから、いまは台所と裏口《うらぐち》と玄関《げんかん》と自分の部屋だけしかつけてない。どっちみち夜を明るくすることはできないし。それに家じゅう明るくしてたって、夜の怖《こわ》さって変わらないよ。なんだろうね、夜って攻《せ》めてくるよね。夜に包囲されて、室内でじっと耐《た》えるしかない、みたいな気持ちになるのはどうしてかなあ」

「夜ってね、じつはそんなに怖くないよ」とわたしは言った。

ん?と月田はわたしを見たけれど、何も言わずに鞄《かばん》のバックルをとめた。

月田は、クラスではわたし以外の人とは、いまだにほとんど話をしていなかった。だれかに話しかけられても、長い前髪《まえがみ》の下に表情を隠《かく》すようにして、低い声で短く返事するだけだ。

入学して三か月が過ぎ、女子のあいだにはしだいにグループらしいものができていた。勉強ができる人はそういう人同士でグループを作っているかというとそうでもなくて、しずかな感じで二、三人集まっている人たちもいれば、四、五人ではじけるような笑い声をたてているグループもあった。あ、この人とこの人はなかよしなんだ、と音楽室への移動中に気づくこともあった。月田とおなじ美術部に入っている女子がクラスに一人いたけれど、月田はその子ともほとんど口をきいていなかった。

どうして?とたずねると、「あの人、べつに美術が好きってわけでもないみたいだから。絵の具だってそろえてないし、絵を描《か》きたがっているようには見えないよ。どこかのクラブに入らなきゃ先生にもんくを言われるから、それで入ってる、そういう感じの人」と言った。

わたしは月田から、美術部に入った理由は部活が週二回だけだから、ときかされていたので、あれ?と思った。

月田は学校にいると、自分はここにいたくているわけじゃない、あんたたちみたいにこの学校に入りたくて受験勉強をみっちりして入学してきたわけじゃないんだよ、という違和感《いわかん》を表明せずにはいられないみたいだった。わたしもおなじ空気をまとわりつかせているのかもしれなかった。だから月田はわたしとだけうちとけて話せるのかもしれない。

月田は休み時間に一人、窓《まど》から外をぼうっとながめていることがあった。そっと近づいていくと、月田は憂鬱《ゆううつ》そうな顔をして遠くのほうを見ていた。

月田は長い小説を最近は読んでいる、と言っていた。第二次世界大戦のころのアメリカを舞台《ぶたい》にした小説で、「主人公の少年の母親への気づかいが、なんていうか、やるせないんだよね」と言った。

やるせない、か。わたしはその言葉を胸《むね》のうちでくり返した。わかるような、と思える言葉だった。

「子どものときに味わうことって、時代が変わってもそんなにちがわないんだな、と思った。どうして人生の最初って苛酷《かこく》なんだろうね」

うん、と返事して、「苛酷かあ」と、わたしは小さい声で言った。

わたしは弟と福山に行った話はしていなかった。言おうとすると、どうしても、おばあちゃんちに行ったんだ、と軽い口調になってしまいそうで、そう言ってしまうと、その旅行がそんな色に染《そ》まってしまうような気がしたから。

「吹井んちに、ほんとに遊びに行ってもいいの？」

下駄箱《げたばこ》の前で月田は言った。

「うん。おいでよ。巻子さんもときどき来るし」

「前ぶれなしに来るんでしょ。そう言ってた、和木さん本人が。わたしは前ぶれなしにあらわれるようにしているって。わたしも前ぶれなしに行くかもしれないよ」

月田は靴《くつ》をはいたつま先をとんとん床《ゆか》に打ちつけ、下をむいて笑った。

月田はポケットから、学校に持ってきてはいけないことになっているスマホを取りだして時間を確かめると、「じゃ、またー」とわたしに片手《かたて》をあげ、いそぎ足で校舎を出ていった。

傘立《かさた》てにはきょうも四本の傘がおなじ位置に置かれていた。赤と黄色のチェック柄《がら》の傘ももどっている。雨が降《ふ》ったきのうの帰り道、チェック柄の傘をさして帰っていく男子がいて、あの傘立ての傘だ、と気づいて、いそぎ足で近づいていった。さしている人をそっと確かめると、文芸同好会の湯田くんだった。さよなら、と声をかけると、「おー、さよなら」と大きい声で返事して、「だれでしたっけ」ときいてきた。

「文芸同好会に入りました」と言うと、「あ、そうだった」と傘を上下させ、「先に行ってよ。ならんで歩くのは苦手なんで」と言われた。結局、湯田くんが傘の持ち主であるかどうかは確かめられなかった。

青島さん、来ているかな、と思いながら部室のドアをあけると、青島さんは来ていた。きょうは火曜日だけど部活がある、と青島さんは昼休みに教えに来てくれた。「あしたから部活は試験休みになっちゃうので、きょうあるんだって」と青島さんは言った。

部屋には野沢さんもいた。でもきょうはテーブルに何も開いていなくて、湯田くんと話をしていた。

「ヘンリーのお話って、もう書いたの？」

わたしは青島さんの隣《となり》に腰《こし》をおろしてからきいた。

「まだ。あのね、わたし、字も下手で。原稿《げんこう》用紙にきたない字で書いていると、物語もつまんないものに思えるから困《こま》る。そっちは？　王様の話、書いた？」

「まだ」とわたしは言った。あれから、王様について少しは考えた。

王様はすごく苦しんだんじゃないかなとわたしは思った。幼《おさな》い娘《むすめ》がある日突然《とつぜん》、行方《ゆくえ》不明になったのだ。白雪姫《しらゆきひめ》がいなくなったあと、王様はきっと、国じゅうにおふれを出して必死にさがしただろう。そして森の奥《おく》に生きていることを知ったときにはどんなにうれしかっただろう。でも、それがお妃《きさき》のしわざだとわかったときには愕然《がくぜん》として、そしてお妃を激《はげ》しく憎《にく》んだんじゃないかな。と、そこまでは考えた。

「小人たちって年寄りだと思う？」と青島さんが小声で言った。

「さあ。ディズニーのアニメだと白いひげを生やしているけど、でもどうかな」

桂木くんと矢田さんが部室に入ってきた。少し遅《おく》れて、会うのはきょうが初めての紫色《むらさきいろ》の名札をつけた女子も来た。

三時半になると園部さんと金井先生も来て、ミーティングがはじまった。テーブルの端《はし》にすわった金井先生は園部さんが話しているあいだ、にこにこしながらみんなを見ていた。ときどきわたしのほうにも目をむけた。

「試験期間中は書くのを中断して、試験が終わってからまた本格的に取り組んでください」

園部さんは話し終えると目を閉《と》じ、それから目を開いて、「ね」と言った。

「二年生も三年生も知っていると思うけれど、『あおぎり』は毎年五十ページを目安に編集しているの。原稿募集《げんこうぼしゅう》のポスターもいちおう張り出しますけど、まあ応募《おうぼ》はほとんどないと思うから。だから部員の作品があくまでも中心になるけど、一人だけ大長編っていうのは避《さ》けてね」と金井先生は言った。

園部さんが、みんなに原稿の進みぐあいをたずねはじめた。

「狩人《かりゅうど》って、すごくかわいそうな人だなって、ぼく思うんですけど」と、最初にきかれた桂木くんは言った。

「だって、彼《かれ》は猟師《りょうし》なんですよ。お妃に呼《よ》びだされて、森のことを知ってるでしょって言われて、それから、この子を森の奥につれていって殺しなさいって言われるんですよ。だれにも見られないようにつれていけって言われるんですから。たぶん、この猟師は子どもが好きで、白雪姫もなついてたんじゃないかと思うんです。その子の心を踏《ふ》みにじって、だまして森につれていって、しかも殺すなんて、そんなことできないですよ。森に白雪姫を置き去りにしたあと、すごく悩《なや》んだんじゃないかな。ときどき、食べものを小人に渡《わた》していたかもしれないです。でも、王様とはあんまり親しくなかったんじゃないかなあ。だから本当のことは言えなかったんですよ」

しゃべりつづける桂木くんの耳は赤くなっていた。入学式のときに保護者に笑われるほど短い挨拶《あいさつ》をした人とは思えなかった。新入生を代表して挨拶をするのがいやでたまらなかったのだろうか。

「ということを書いてね。だいたいできてるじゃない」と園部さんは桂木くんに言った。

「すごい」と青島さんが感心したように言った。

「いやいや」

桂木くんは顔の前で手を激《はげ》しくふった。

野沢さんは「恋愛《れんあい》小説っぽいのを書いてるんですけど、あくまでも、ぽい、だけですよ。恋愛未満みたいな」と言った。

「いいな、いいな」と湯田くんが言った。「自分の体験をもとに?」

「ちがうよ。百パーセント創作《そうさく》。だれかの小説を読んだら、すぐ作者は自分のことを書いていると思う人がいるけど、ああいう読み方は小説がわかっていない証拠《しょうこ》」

「はいはい」湯田くんはにやつきながら言った。

『モンテ・クリスト伯《はく》』について書くと言った川辺さんは「二枚《まい》書きました」と言って、「これ、夏休みの宿題の感想文として先に提出してもいいですか」と先生にたずねた。

「いやあ、そういう骨惜《ほねお》しみはしないでよ。どんどん書くっていうのが、うちの部の唯一《ゆいいつ》のっていってもいい活動でしょ」と金井先生は言った。

矢田さんは「クマのお話を書きかけてるんですけど、なんか、ふつうすぎるので、やめて、ヘビの話に変えようかなと思ってるんですけど」と言った。

「とにかく書いてみる。解決策《かいけつさく》はそれしかありませんよ」と金井先生は言った。

「吹井さんはどう？」と園部さんが言った。

「お父さんの悩《なや》みが深すぎて」とわたしは言った。「ちょっと困《こま》っています」

「それって吹井さんのお父さんのこと？」と湯田くんが言った。

「ちがいます。白雪姫《しらゆきひめ》のお父さんのことです。あ、でも、うちの父も悩みは深いかもしれないです」

金井先生が笑い、ほかの人も笑った。

「まあ、みんな、じっくり腰《こし》をすえて取り組んでね。で、困《こま》ったときには相談に来て。園部さんに相談してもいいし。園部さんはなかなかの文学少女ですからね。作家志望だったっけ？」

「はあ？」

園部さんは口を大きくあけ、照れたように「ないない」と下をむいて首をふった。

「じゃあ、きょうはこれで終わり。さ、みんな、家に帰って、しっかり試験勉強をしてください」

先生はぽんと両手を打った。

23

リビングのテーブルで漢字ドリルをやっている圭のそばで、わたしはソファに寝転《ねころ》んでだらだらとテレビを見ていた。

テレビの横のお母さんの写真は入れ替《か》えてあった。お父さんは、わたしたちが持ち帰ったお母さんの携帯《けいたい》電話から写真のデータをパソコンに移し、お母さんや弟が写っている写真をプリントした。三十枚《まい》近くプリントしたうち、お母さんが写っているのは十二枚だった。

携帯電話のデータフォルダの中には、こっちにいたころに撮《と》った写真もそのまま残されていた。そこにはわたしの写真が何枚もあった。小学校にあがってからの写真で、そのころにこの携帯電話に買い替えたのだろう。そしてお母さんは新しいタイプの携帯電話に替えずに、おなじ電話を使いつづけていたのだ。

お父さんは、缶《かん》ビールを片手《かたて》に黄色いスカートを広げてすわっているお母さんの写真を選び、プリントしてフレームに入れた。おばあちゃんにも何枚か送ったらしかった。

わたしは体を半分起こして手をのばし、テーブルのそばの圭のランドセルを引き寄せた。

ふたをあけて、中を見た。

「学校に漫画本《まんがぼん》は持っていってないんだね」

「いかないでしょ、ふつう」

「圭には常識があるからね」

教科書のあいだにテストを見つけた。引き出してみると算数のテストで、百点だった。

「常識だけじゃなくて、知識もあるね」

「ねえ、勝手に見ないでよ」

ごめん。わたしはテストをもどしてランドセルのふたをした。

「机《つくえ》の引き出しに、もしかして百点のテストをいっぱい隠《かく》してるんじゃないの？」

圭は首をかくっと前に出し、「まさかあ」と笑った。

わたしはまたソファに倒《たお》れこんだ。

「答えたくなかったら答えなくてもいいけどね」と、わたしは言った。

「何？」

圭がわたしを見た。

「ずっとまえ、まだ圭がこのうちに来て、そんなに時間がたっていないころのことだけど。

学校から泣いて帰ってきたことがあったよね。どうして泣いてたの。ずっと気になってたんだけど」

「ああ、あれ」と、圭は天井《てんじょう》を見あげた。「ぜんぜんたいしたことじゃないけど」

「そうなんだ」

「佐野くんがね、いいところへつれていってあげるよって言って、学校の帰りにぼくを佐野くんの家につれていったんだ。それからお母さんに頼《たの》んで、佐野くんのお母さんの車で細江町のアパートに行ったの」

「あー、そうか、そのときアパートに行ったんだ」

「あのアパートのこと、なぜだか忘《わす》れてたんだよね。行ったら急に思いだした。あそこの階《かい》段《だん》、いつもお姉ちゃんとじゃんけんをして、チヨコレートとかパイナップルって言いながらあがっていって、それからおりてって、何回もやったよ」

「うん、やった」

「そしたら、お母さんの声がきこえたような気がしたんだよね。ぼくの名前を呼《よ》んだ気がした。アパートの部屋の中からきこえたような気がしたんだ」

「ふうん」

「福山に一人で行ったとき、まえに住んでいたアパートの横んところへ猫《ねこ》の餌《えさ》をやりに行ったときにも、なんか声がきこえた気がしたことがある。すうっと風が吹《ふ》くみたいにきこえた」

「そのとき、声はなんて言ってたの」

「はっきりわかんなかった。でもね、ぼくわかってるよ。声なんかきこえるわけないよ。死んだ人の声なんて。きこえた気がしただけなんだ」

わたしはソファに起きあがった。

黄色いスカートを広げて笑っているお母さんの写真を見た。

「圭。これからアパートに行ってみようか」

「いまから?」

圭は体をねじって壁《かべ》の時計を見た。

「いいけど。でも、このドリルを最後までやってから」と言った。


出かけようとしたとき、インターフォンのチャイムが鳴った。

ドアをあけると、巻子さんだった。

「むしむしと暑いね」と入ってきて、「あれ、どこか行くの?」と、巻子さんは片足《かたあし》だけ家にあがりかけてわたしたちを見た。

言った。

「ちょっと出かけてくるから。でも巻子さんはあがって。すぐ帰ってくるから」とわたしは
「じゃがいもを一箱もらったから」と、巻子さんはふくらんだビニール袋《ぶくろ》を持ちあげて見せた。「うちの年寄りが持っていっておあげって言うから。このまえ、お野菜をいろいろいただいたでしょ。ほら、福山の。うちの親、喜んでたわよ。だからってわけでもないけどさ。ポテトサラダとフライドポテトとポテトのチーズ焼きを作ろうかと思って、っていうか、これはぜんぶうちの親が言ったことなんだけど。考えてたんだって、きょう一日。じゃがいもを見ながら。わたしに献立《こんだて》をまかせておくと、わたしは一品くらいしか作らないだろうと思ったからって。あ、でも出かけるんなら、またこんどにしようか？」

「すぐ帰ってくるから」とわたしは言った。

「ここんちの人の留守中《るすちゅう》にあがりこんでちゃ、まずいでしょう」

「まずくないよ」

「まずくないよ」と圭も言った。

「じゃあ料理してるから。時間があまったら煙草《たばこ》でも吸《す》って待ってますわよ。あ、じゃあ帰りにマヨネーズを買ってきて。ここんちのをぜんぶ使っちゃうかもしれないから。もしかしたら足りないかもしれないし」と巻子さんは言った。「お金、持ってる？」

「持ってる」とわたしは言った。

「自転車で行くんでしょう？　飛ばさないように。信号が青でも右左よく見てから渡《わた》る」

「はーい」とわたしは言った。

「いってきます」と、圭は帽子《ぼうし》をかぶってドアをあけた。

圭を先に走らせて、四年まえまで住んでいたアパートにむかった。圭は一度もふり返らず自転車をこいだ。

圭は、もしかしたらお母さんの声がきこえるかもしれないと思って、お母さんにゆかりのある場所をあちこち自転車でまわっていたのだろうか。

わたしは圭の背中《せなか》を見ながら自転車をこいだ。いままで行こうとしなかったあのアパートに、圭につれていってもらっているみたいだった。

橋を渡り、しばらく走って大きい交差点を左折して、せまい道路に入った。薬局があり、カラオケ喫茶《きっさ》があった。カイロプラクティックの看板《かんばん》の角をまがると、アパートが見えてきた。

建物の前のアスファルトには駐車《ちゅうしゃ》スペースの白線が引かれていた。二階建ての中央部分が階段《かいだん》になっていて、その両側に一戸ずつ部屋があった。うちは一階の右側だった。駐車場に面して畳《たたみ》の部屋が二つあった。その奥《おく》にダイニングキッチンと風呂《ふろ》があった。

いまアパートのどの窓《まど》もカーテンが閉《と》ざされていた。二階の左の部屋の窓が一つだけあいていた。駐車場に車は停《と》まっていなかった。中央の階段《かいだん》の下の玄関前《げんかんまえ》に子ども用自転車が二台あった。わたしと圭は駐車場の1のところに自転車を停めた。

「この部屋から三人でお月見したことがあった」と、わたしは突然《とつぜん》思いだして言った。

あの晩《ばん》。どの部屋の電気も消して、お母さんとわたしは掃《は》きだし窓にならんで腰《こし》をおろした。圭はお母さんに抱《だ》っこされていた。三人でいっしょにお風呂に入ったあとで、三人ともパジャマを着ていた。

三人で雪見だいふくを食べたのだ。食べながら「雪見じゃなくて、月見だいふくだね」とお母さんが言った。

アパートの前をときおり車やバイクが通った。人も通った。通りかかった人がわたしたちのほうを見ると、その人が知ってる人じゃなくても、お母さんは「こんばんは」と声をかけた。わたしも「こんばんは」と言った。

「月の光ってありがたいわねえ」と、たしかお母さんは言った。

たぶん月は輝《かがや》いていた。

上をむいたお母さんのまっすぐなのど。

「月の歌を子どものときに歌ってたんだけどなあ」とお母さんは言った。「思いだせないよー」

お母さんは圭を抱《だ》いたまま右に左に体をゆすった。

「ねえ、覚えてない？　あそこに腰かけて、お月見をしたでしょ」

「ちょっとは覚えている気もするけど」と圭は言った。「お母さんは月を見るのが好きみたいだった。『ほら、月』って、よくぼくに言ってたもん。車を運転しているときでも、車を止めて『ほら、見て』って言った。三日月《みかづき》とか、そういう月のときも」

あれは中秋《ちゅうしゅう》の名月とか、そういう特別なお月見の晩《ばん》なんかじゃなくて、ただ三人でお月見をしただけだったような気がする。あのときには、と思う。何もかもがあったんだ。わたしも、圭も、お母さんも、そこにはいなかったけれどお父さんも、みんなで何かに大きく包まれていた気がする。

わたしは空を見あげた。高いところに薄《うす》い色の月があった。

「帰ろう」とわたしは圭に言った。

自転車のところへ行ってスタンドをけりあげてから、もう一度、わたしたちが住んでいた部屋を見た。

白いレースのカーテンのむこうにはお母さんの白い簞笥《たんす》があって、圭のおもちゃ箱があって、お母さんのドレッサーがあって、もう一つの部屋には白いフレームのテレビがあるのだ。テレビの前にはわたしと圭がいる。お母さんは台所にいて、まな板で何かをきざんでいる。水の流れる音がきこえて、ピンポーンってチャイムが鳴ったのは新聞の集金かもしれないのに、お父さんだ、と圭は立ちあがって玄関《げんかん》に行くのだ。

ぱっと二階の左の部屋の明かりがついた。

帰りはわたしが先に走った。

カイロプラクティックの角をまがる。

夜中に目をさますと、隣《となり》にお父さんと圭しかいなくて、起きてふすまをあけてリビングに行くと、お母さんがテーブルで本を読んでいたことがあった。

「どうしたの?」とお母さんは言った。「おしっこ?」

わたしはおしっこがしたいわけでもなかったけれど、「うん」と言った。トイレに行ってリビングにもどると、お母さんは五歳《さい》か六歳になっていたわたしを抱《だ》っこしてくれた。そしてわたしの耳に口をつけて「ねんねしなさい。ねんねしなさい」と言いながら、ふとんにつれていってくれた。

お母さんはチェック柄《がら》の長いスカートを持っていた。ゆったりしたセーターも。粗《あら》い織り目の布バッグも持っていた。バッグを肩《かた》からさげたお母さんに「待ってよ」と言っても待ってくれなくて、遠ざかるお母さんの背中《せなか》を見ながら、わたしは圭の手をにぎって、圭の歩みにあわせて歩いた。夕方のスーパーマーケットで。圭の手はわたしの手をにぎり返してはいなくて、わたしがただ湿《しめ》っぽい圭の手をぎゅっとつかんでいるだけだから、手をつないでいるとはいえないのだけど、圭、早く行こう、と圭を見ると、圭はにこにこ笑ってて。お母さんが出口から出ていくのを見ながら、お母さん、わたしたちがこんなに後ろを歩いていることに気づいているのかな、とちょっと心配になったけれど、声を出しても届《とど》かないのがわかっていたから、呼《よ》んだりはしなかった。わたしは急につまんない気持ちになって、買い物になんか、ついてくるんじゃなかった、と思った。そう思いながら、こういう気持ち、まえにも味わったことがある、と思ったけれど、それがいつのことかわからなかった。

お母さんは黒い石のペンダントを持っていた。コンタクトレンズをはずしたあとは青いフレームの眼鏡《めがね》をかけた。オレンジ色のボタンのついたカーディガン。茶色の横長のお財布《さいふ》。しましま模様《もよう》のソックス。電話に出るときの「もしもしぃ」という高い声。眠《ねむ》っているときには閉《と》じたくちびるをちょっと突《つ》きだしていた。

信号が赤になったので自転車を止め、後ろをふりむいて「ちょっとだけまわり道するよ」と圭に言った。

「わかった」と圭は大きい声で返事した。

交差点を越《こ》えて大通りをしばらく走り、それから橋の手前の道を折れた。

川面《かわも》は暗くなりはじめていた。日は暮《く》れかけていたけれど、空はまだ明るかった。

お母さんと離《はな》れているあいだ、わたしも圭とおなじように、ずっとお母さんの声をきこうとしていたのかもしれなかった。あまりにしずかな声なので、ちゃんとききとることはできなかったけれど、学校で、急にぽつんとさみしい気持ちになったときなんかに、きこえるかもしれないお母さんの声に耳をすましていた気がする。自分を取り巻《ま》いている何重もの薄《うす》い膜《まく》の中で、こんなのほんとのことじゃないよね、お母さん、とお母さんに話しかけていた気がする。

白っぽい堰《せき》が見えてきた。川面はもう暗い。土手から河川敷《かせんしき》への小道を自転車に乗ったままくだった。急に川の音が大きくなった。

「渡《わた》るよ」

コンクリート堰の手前で足をついてふりむくと、圭はうなずいた。

ざあざあと、堰の水門を流れくだる水音の中をゆっくり自転車をこいだ。

お母さんて、どういう人なんだろうとずっと思っていた。でも、それはいくら考えてもわからないことなのだ。お母さんといっしょに過ごした年月は長くはない。たった九年間だけなのに、どんなふうに過ごしたか、そのほとんどを忘《わす》れてしまっている。でも、永遠に忘れてしまったのかというと、そうではないらしくて、ときどき、なんでもないときに、ふっと思いだしたりもする。ちょっとしたしぐさやまなざしや声の響《ひび》きなんかを。言葉でだれかにきちんと説明することなんてできない、それは小さな小さな記憶《きおく》だけれど、そんなことがよみがえると、「あ、たしかに」とわたしは思う。お母さんはたしかにわたしのそばにいて、わたしといっしょの時を過ごしたんだ、と思う。お母さんと会うことは二度とできないけれど、お母さんはわたしの体のあちこちにひそんでいて、わたしといっしょに生きつづけるのだと思う。あれがお母さんという人だった、とかんたんに言いあらわすことはできないし、お母さんを言葉でおおいつくすことなんてできはしない。でも、だからこそ、お母さんがたしかにいたといえるんだ。わたしはそう思った。

堰を渡り終えた。

目の前の土手の斜面《しゃめん》に植えられた紫陽花《あじさい》がいっせいに花開いていた。たくさんの大きな花が土手いっぱいに咲《さ》いている。

「圭。花が」と圭をふり返った。

「きれいだね」

圭は言った。「また巻子さんと来る？」

「そうだね。来よう。そうだ、マヨネーズ。お店に寄って、いそいで家に帰ろう。ポテト料理がもうできちゃってるかも」とわたしは言った。

24

約束の時間に、月田は改札口から出てきた。リュックを背負《せお》い、片手《かたて》にデパートの紙袋《かみぶくろ》、もう片方の手には銀色のバッグをさげていた。白いふわっと広がったブラウスに、ゆるい紺《こん》色《いろ》のパンツをはいた月田は、髪《かみ》はたばねずに肩《かた》にたらしていた。

持つよ、と手を出すと、「じゃ軽いほう」と、月田は銀色のバッグを差しだした。保冷バッグだった。月田が持っている紙袋からはネギがのぞいている。

こっち、と歩きだしながら「野菜？」ときいた。

「野菜」

月田は袋の口を広げて見せてくれた。ネギのほかに青菜も入っている。きゅうりやじゃがいも、にんじんも見える。

「ママとおばあちゃんが作ってるんで。そっちのバッグは魚。島だから」

月田はけさ電話をかけてきた。

「きょう、昼から遊びに行ってもいい？」と言った。木曜日に試験日程の発表があったことなんて、まるで気にしていない口ぶりだった。

「いいよ」とわたしは答えた。

「吹井は試験勉強があるんじゃないの？」と、月田は他人事のように言った。

「まあ、あるといえばある。けど、そっちは？」

「あるといえばある。けど、一日くらい気晴らししてもいいでしょう。ほんとうは前ぶれなしに、テスト期間中に行ってやろうと思ってたんだけど、考えてみたら家がわかんないしね」と月田は笑った。

このマンションに来てから、友だちがうちに遊びにくるのは初めてのことだった。

電話を切ったあと、わたしはリビングの掃除《そうじ》をした。掃除機をかけ、それが終わると、テレビのまわりやソファのまわりに出しっぱなしになっていた雑誌《ざっし》や衣類や郵便物《ゆうびんぶつ》やヘアブラシなどをあるべき場所にもどした。フローリングワイパーのシートを取り替《か》えて、床《ゆか》のこまかいほこりもぬぐった。

キッチンのシンクのまわりもかたづけた。食器をキャビネットにかたづけ、調味料をコンロの下の引き出しにもどし、フライパンをフックに掛《か》けた。

「だれか来るの？」と圭がきいた。

「学校の友だち」

「一人？　二人？　もっと？」

「一人。月田さんって人」

「ぼく、家にいてもいいの？」

「いいよ、もちろんだよ。ぜんぜん気にしなくていいの」

「わかった」

「どこか、自転車で行きたいところがあるの？」

ううん。圭はキッチンから離《はな》れていき、ソファのひじ掛けに軽く腰《こし》かけて、手にしていたゲーム機を動かしはじめた。


「勝手に入ってもいいの？」

お父さんの部屋に足を踏《ふ》み入れながら月田は言った。

「いいって。平気」

わたしは壁《かべ》のスイッチを入れて電気をつけた。お父さんのベッドはざっと整えられていた。パソコンの電源《でんげん》を入れてから椅子《いす》に腰をおろした。

月田の好きなデュフィの描《か》く絵ってどんな絵？とエレベーターの中でわたしがきいたら、

月田は「パソコンでなら調べられる」と答えたのだ。

ラウル・デュフィの絵はたくさん出てきた。透明《とうめい》な感じのきれいな色づかいで描《えが》かれていた。ヨットの浮《う》かぶ海や、エッフェル塔《とう》や、ダンスをする婦人、競馬場や、花や、ピアノの絵もあった。明るくて、輝《かがや》くようで、でも少し暗い空気もはらんでいる絵だった。

「野獣派《やじゅうは》って書いてあるけど、こういうのが野獣派なの？」と月田をふり返ると、月田はコルクボードの写真を見ていた。

「これ、吹井のお父さんが撮《と》った写真？」

「そう。川派《かわは》」

「ほんとにぜんぶ川の写真だね。どこの川？」

「あちこち。けっこう山奥《やまおく》まで出かけていってた。それはぜんぶ、かなりまえの写真なの。川はふるさとって、お父さんは言ってるから、ふるさとがなつかしくて貼《は》ってるんじゃないかな」

月田は感心したようにぜんぶの写真を見てから「ふうん。わかりました」と言った。

「靴《くつ》、買いに行く？」

パソコンの電源《でんげん》を切ってから、わたしは言った。

月田は朝の電話で、島には大きいショッピングセンターはないから、吹井んちに遊びに行くついでに、どっかでサンダルを買いたい、と言っていた。

「行こう。で、帰ってきてから、わたしが晩《ばん》ごはんを作ります」と月田は言った。

月田は持ってきたデパートの紙袋《かみぶくろ》と保冷バッグをリビングでわたしに渡《わた》してくれたときに、「こっちには貝と鯛《たい》が入ってるから、冷蔵庫《れいぞうこ》に入れておいたほうがいいよ」と保冷バッグを軽くふった。「アクアパッツァができるよって、ママが。おじゃまするんなら、それぐらい作ってあげたらって、それはおばあちゃんが言ってた。作ろうか？」と言ったのだった。

わたしたちはお父さんの部屋を出た。

「時間、大丈夫《だいじょうぶ》なの？　サンダルを買ったら早く帰って勉強したほうがいいんじゃないの。お母さんにしかられない？」

リビングにリュックを取りに行くと、圭はつけたままのテレビの前でまだゲームをやっていた。

「大丈夫。試験のことについては口出ししないってことに、うちではなってるから。わたしが川村を辞《や》めるって本気で言いだすんじゃないかってママは心配してるみたいだから、勉強のことは言わないの」

「辞めたいって言ってるの？」

「毎朝、言ってるよ。起きたとき。うああ、辞めたいって。だって五時四十分ごろに起こされるんだよ」

わたしは笑った「子どもみたい」

「子どもだよ、まだ。わたしまだ十二歳《さい》なんだよ。で、お父さんは何時ごろに帰ってくるの？」

「六時過ぎ」

「じゃあ、七時半ごろの電車があるから、それで帰る」

「きょう、うちに泊《と》まっちゃえば？」

靴《くつ》をはいている月田に言った。

「帰るよ。いくらなんでもそれはできないよ。ぜったいに泊まったりしちゃいけないって、ママに言われてるし」

月田はふりむくと、「吹井の勉強のじゃまになるからって」と言った。

「お母さんはほんとうは月田に、家に帰って勉強してほしいって思ってるんだと思うよ」

「だとしても、それは無視《むし》」と月田は言った。

わたしたちはぶらぶらと歩いた。

「弟くんがいて、いいなあ」と月田は言った。「よかったじゃん。家族が増えて」

「うん」

月田は兄妹はいないと言っていた。

「つぎに来るときは泊まってよ。わたしの部屋に、無理をすればふとんがしけるから」とわたしは言った。

「でも吹井のお父さんに会ってみないと。怖《こわ》い感じのおじさんって、わたし苦手だから」

「怖くないよ。月田のお父さんて怖い感じなの？」

「ぜんぜん。優柔不断《ゆうじゅうふだん》。ママにいつもしかられてる」

アーケード街のいちばん端《はし》にある七階建てのショッピングセンターに月田をつれていくつもりだった。わたしは自分の洋服はたいていそこで買っていたから。

何を買うにしても、わたしは値段《ねだん》が安くてぱっとしないものの中から、ちょっとだけ見栄《みば》えのいいものを選ぶようにしていた。胸《むね》に小さいモミの木の刺繍《ししゅう》のあるポロシャツとか、薄《うす》い色のギンガムのスカートとか、青い水玉のソックスとか。

小学生のころのわたしはいつも人目を気にしていたから。こっちの小学校に転校してきてからは、右手と右足がいっしょに出るような歩き方をしているみたいで、何をしていても不自然な気がしていた。

ショッピングセンターに着いて、エスカレーターで三階まであがった。

靴《くつ》売り場に着くと、月田は棚《たな》と棚のあいだを靴を見ながらゆっくり歩いていった。売り場の三分の一ほどはおばさん向けの靴《くつ》だった。残りの半分をテニスシューズやジョギングシューズが占《し》め、その残りが紳士靴《しんしぐつ》と若《わか》い女の子向けの靴だった。

若い子向けの靴の棚《たな》にはサンダルもあったけれど、月田はなかなか手に取らなかった。

「自分がどういうのが欲《ほ》しかったか、だんだんわからなくなるんだよね」と月田は言った。

「うん」

「物だけじゃなくて、何をしたいのかって考えようとしたとたん、何をしたいのかわからなくなるってことない？　先生は将来《しょうらい》のことを考えなさいって、二言目《ふたことめ》には言うけど、そういうことはわたし、考えない。考えるとよけいわからなくなるから」

「うん」

月田は棚のあいだをもう一巡《ひとめぐ》りした。

それから手をのばして白いサンダルを手に取り、それからそれを棚にもどした。

「やっぱり、きょうは買うのをやめとく。ねえ、自分の意見って何？って思わない？」と月田は言った。

わたしたちは下りのエスカレーターに乗った。

「自分ってだれ？　わたしってどういう人間？」と月田は言った。

「いい人だよ」とわたしは言った。「そういうことを考える月田はいい人だと思う」

うー。月田は小さくうなって、エスカレーターをおりた。

「月田って、いろいろ考えるね」

「そうでもないよ。小さいときからはずれっぱなし」

「小さかったときね、わたし、ずっと自分がけんけんしているみたいな感じがしてたんだ。なんだったんだろう、あれ」

「両足で歩いたほうが安全だよ」と月田は言った。

「わたし、はしかにかかったことがあって、四十度くらい熱が出たんだよね。小一ぐらいのとき。そのときずっと堤防《ていぼう》の上をけんけんする夢を見てたの。だからそんな気がするようになったのかもしれないけど。堤防から落ちないようにけんけんするの」

「あのね、島の子どもは堤防の上にはめったに立たないよ。小さいときから、堤防にはあがるなって言われているし」

「そうか」

「しかも、けんけん？　ありえない。ね、一度うちに遊びにおいでよ」と月田は言った。

家に帰ると、圭はテレビを見ていた。

「お笑い番組が好きなんだね。わたしもだけど」

月田はソファの圭の隣《となり》に腰《こし》をおろした。

「ぜんぶじゃないけど」と圭は答えた。

「わたしもだよ」

ローテーブルの、圭が食べていたらしいポテトチップの袋《ふくろ》をわたしは大きくあけ直して、「食べて」と月田に言った。

「あのね。おばあちゃんとお母さんってね、見る番組のことでときどきけんかしてたよ」と圭は言った。

「チャンネル争い？　大人が？　まあ、よくあることです」

言いながら、月田は、サンキュ、とポテトチップに手をのばした。

「おばあちゃんはいつも決まって見るものがあったんだけど、ぼくたちがおばあちゃんの家に行くと、お母さんは自分の見たい番組にしちゃうからね」

「うわあ、ふつうすぎる」と月田は言った。「うちとまったくおんなじだ。圭くんのお母さんもどっちかというと、自分の意見を通すっていうか、そういうタイプじゃないの？　うちのママはそういうタイプ」

「そう。お母さんは、どうしてこんなのがおもしろいのって、おばあちゃんにもんくを言ってた。ぼくにも、だれと遊んできたの、何をして遊んだのって、いつもきいていた」

「遊んじゃいけない人っていうのがいたの？」とわたしはきいた。

「あのね、お母さんはね、いざとなったらお姉ちゃんだよって言ってた」

圭は何かを思いだしたように小さく笑った。

「何？」

「あのね、お姉ちゃんは、あれで意外に強いからって。泣きながら、けんかに勝つタイプだからって」

「やっぱりね」と月田が言った。「吹井の強さには、わたし、ちょっと負けてます」

それから「そろそろアクアパッツァに取りかかる？」と、壁《かべ》の時計を見ながら月田は言った。

月田はエプロンも持ってきていた。オレンジ色のストライプのエプロンをあてながらキッチンに行き、手を洗《あら》った。

「わたしもエプロンしようかな」

「吹井はいいよ。助手だから」

月田は冷蔵庫《れいぞうこ》をあけると、さっき入れておいた魚と貝を取りだした。そして「深めのフライパン」とわたしに言った。

「はい」と、わたしはフライパンを出してガスコンロにのせた。

魚はうろこも内臓《ないぞう》も取りのぞいてあった。

「塩。こしょう。オリーブオイル」

月田はレシピのメモを見ながらぴしぴしと、わたしに言った。

でもいざ作りはじめると、巻子さんの料理とはぜんぜんちがって、月田は何をするにもゆっくりで慎重《しんちょう》だった。

「ほんとは、アクアパッツァを作るのはきょうが初めて」

月田はじゅうじゅうと焼いた魚を慣れない手つきでターナーでひっくり返した。

「いい感じ」とわたしは言った。

「お魚？」

圭もカウンターごしに見ている。

「知らない、知らない。どうなるんだろう」

月田は貝を加え、メモを見てから水を加え、トマトも加えた。それから「エイ」と言ってふたをした。

「これでできるはず。香草《こうそう》とかも入れるのかもしれないけど、そういうのはうちの畑にないから」と月田は言った。

ポテトサラダは二人で作った。

おとつい、巻子さんに作り方を教えてもらったばかりだった。

あれはポテトの夜だった。そう名づけたのは巻子さんだった。「今夜はポテトの夜です」と、テーブルにならべたじゃがいも料理の前で巻子さんは両手を広げた。

お父さんはまだ帰っていなくて、「巻子さんもいっしょに食べていって」と言ったのに、巻子さんは「悪いけど、ちょっとずつお料理をいただいて帰るね。年寄りが待ってるから。あの人、じつはじゃがいも好きなのよ。だから、うちの年寄りにもポテトの夜を分けてやってね」と巻子さんは言った。それから、使い捨《す》てのプラスチック容器に料理を少しずつ取り分けていった。そうしながら、巻子さんはわたしにポテトサラダの作り方を教えてくれたのだ。「かんたん。ささっとできる」と巻子さんは言って、「じゃあね、ありがとう」と帰っていったのだった。

ゆで卵《たまご》のからは圭にむいてもらった。

六時まえにはポテトサラダもできあがり、六時を少し過ぎたころ、お父さんが帰ってきた。

「初めて来てくれたのに、ここまでしてもらって、悪いですね」とお父さんは月田に言った。

すごいなあ、おいしいなあ、と、お父さんは感心しながらアクアパッツァを食べた。

「卵《たまご》ごはんにしない？」とわたしが誘《さそ》うと、「する、する」と月田はうなずいた。

「ぼくもする」と圭も言った。

「おじさんは、もしかして、中学生のときにはカメラマンになろうって決めてたんですか？」

月田は卵《たまご》をかきまぜながら、お父さんにきいた。

「そうだなあ、中学生のころねえ」と、ビールのグラスをテーブルに置いて、お父さんはふっと笑った。「中学生のころはね、将来《しょうらい》は孤独《こどく》な生き方をしようって思ってたんだな」

「孤独な人、ですか」と月田は低い声を出した。

お父さんは笑いながらうなずいた。「釣《つ》り堀《ぼり》の管理人になろうと思ったりね。釣り堀にやってくる人におしゃべりな人はいないんじゃないかと思って」

そんな話はまえにもきいたことがあった。「子どものころに将来なりたいと思っていた職業に就《つ》く人ってそんなに多くはないよ」とお父さんは言って、自分は釣り堀の管理人になりたかった、と言ったことがあった。でもその理由が孤独な生き方をするため、というのは、きょう初めてきくことだった。

「えーと、高い山の山小屋で働く人になりたいと思ったこともあったよ。山小屋って、ほんとはすごくこみあうってことをそのころは知らなかったから。ばかだよね。それに、孤独って、そもそもそういうことじゃないのにね」

お父さんは口を閉《と》じたまま小さく笑って、ビールをグラスに注いだ。

「写真は？」とわたしはきいた。

「大学のときに写真部に入って、それからかなあ」

「それからカメラマンになろうと思ったんですか」

月田は卵ごはんを食べ終え、ティッシュで口をぬぐっていた。月田は結局、自分ではアクアパッツァはあまり食べなかった。

「でも、プロのカメラマンになれるとは思っていなかった気がするなあ。月田さんは美術部に入ってるんだってね」

「はい、まあ」

月田は用心深そうに言った。

「あのね、月田って、すごく読書家なんだよ」とわたしは言った。

「そうでもないって」と月田は言った。「そろそろ帰らなきゃ」

「太宰治《だざいおさむ》とか夏目漱石《なつめそうせき》も読んでるんだって」

「あのね、吹井さんは数学の先生を怖《こわ》がらないんですよ」と月田が言った。

わたしは笑った。数学の授業中、わたしはずっと下をむいている。中間テストのあとで先生に「本気で勉強しなきゃだめだ」としかられて以来、できるだけ目をあわせないようにしているのだ。

「男の先生で、怖《こわ》い感じの先生なんですよ。声がやたらにでかくて、板書の字がものすごくきれいで、みんなびびってるのに、吹井さんたら平気で『わかりません』って答えたりするんですよ」

「なんだそりゃ」とお父さんは言った。「なあ」と圭に言って、そっちに頭をかしげた。

「だってわからないいんだもん。それに最近はあてられてないよ」とわたしは言った。

「もうね、先生に勝っちゃってるんですよ」

「中間テストの点はひどかったよ。それで注意されたんだよ」

「そういうのもへっちゃらなんですよ。すごいでしょ」と月田は言った。「吹井さん、強いんですよ」

「ばかみたい」とわたしは言った。

「強い子の吹井さんがいるから、わたし、がんばって学校に行ってるんですよ」

「うそばっか」

「また、いつでも遊びにいらっしゃい」とお父さんは言った。

圭と二人で月田を駅まで送っていった。

改札口を入っていきながら、「勉強しろよー」と月田は言った。「わたしはしないけど」

姿《すがた》が見えなくなったので、わたしたちは向きを変え、駅から出た。

「こんど、お父さんといっしょに川に行ってみる？」

ならんで歩きながら圭に言った。

「うん」

「川の、ずっと山のほうの上流のほうにも行ってみたいなと思ってるんだけど」

お父さん、いまもまだカーステレオにはブラームスのCDを入れたままなんだろうか、と思った。

「うん」

「圭も、だれか友だちをうちにつれておいでよ」

「うん」

「なんだ、『うん』しか言わないね」

「だって、うん、と思うときには『うん』しか言えないよ」

「うん」とわたしは言った。

圭が笑った。

自分の中で何かがちょっとちがってきている気がした。わたしだけでなく、圭も、お父さんも、ほかの人たちも、ずっとおなじでなんかいられないのだ。巻子さんも、月田にしても。自分の知っていることも知らないことも少しずつ変化していて、その中で、こうしていまは圭のそばにいるんだな、と思う。

マンションの前に着いた。

足を止めて上を見た。うちのベランダが見えた。室内の明かりでベランダの天井《てんじょう》がうっすら見えた。

「ほら、うちのベランダの明かりが見えてるよ」

圭も上向いた。

「あのね、このまえね、またベランダから鳥を見たよ。三本桜からいつもここまで飛んできているのかなあ」と圭は言って、「あ、見て」と空を指さした。

ま上に月があった。雲のない空のまんなかで、少し欠けた月は明るく輝《かがや》いていた。

「おお」とわたしは言った。

「おお月だ」と圭も言った。

「きれいですな」とわたしは言った。

「とてもきれいですな」と圭も言った。

圭がもどってきて二か月がたった。

「さ、帰ろうか」

わたしは言って、圭の肩《かた》に手をまわした。

わたしたちはならんでマンションのドアの前に立った。

岩瀬成子　いわせじょうこ

一九五〇年山口県に生まれる。一九七七年のデビュー作『朝はだんだん見えてくる』で日本児童文学者協会新人賞、『「うそじゃないよ」と谷川くんはいった』で小学館文学賞と産経児童出版文化賞、『ステゴザウルス』と『迷い鳥とぶ』の二作で路傍の石文学賞、『そのぬくもりはきえない』で日本児童文学者協会賞、『あたらしい子がきて』で野間児童文芸賞とＪＢＢＹ賞、『きみは知らないほうがいい』で産経児童出版文化賞大賞を受賞。そのほかの作品に、『もうちょっとだけ子どもでいよう』『二十歳だった頃』『オール・マイ・ラヴィング』『まつりちゃん』『ピース・ヴィレッジ』『なみだひっこんでろ』『ぼくが弟にしたこと』『マルの背中』などがある。

地図を広げて

二〇一八年七月　初版第一刷

著　者　岩瀬成子
発行者　今村正樹
発行所　株式会社 偕成社
東京都新宿区市谷砂土原町三―五　〒一六二―八四五〇
電話　販売〇三―三二六〇―三二二一
編集〇三―三二六〇―三二二九
http://www.kaiseisha.co.jp/

印刷所　株式会社 精興社・中央精版印刷株式会社
製本所　中央精版印刷株式会社

 20cm 246p. NDC913 ISBN978-4-03-643180-9
Published by KAISEI-SHA. Printed in Japan.

本のご注文は、電話、ファックスまたはEメールでお受けしています。
電話〇三―三二六〇―三二二一　ファックス〇三―三二六〇―三二二二
Eメール sales@kaiseisha.co.jp

岩瀬成子の本

金色の象

六年生の花には、スナックを経営する両親と結婚している兄がいる。家族とのやりとり、友だちとの家出、教室からの風景、むかいのアパートに暮らす七十歳くらいのマリちゃんのこと。なにげない日常にひそむときめきや不安を描いた連作集。

そのぬくもりはきえない

自分の思いをうまく言葉にできない波は、犬の散歩をひきうけて出入りするようになった家で不思議な男の子に出会う。なんだかちぐはぐなのに、ひかれあう二人。子どもたちの心のゆらぎを繊細に描く感動作。日本児童文学者協会賞受賞

ピース・ヴィレッジ

米軍基地のある町に住む小学六年生の楓と中学一年生の紀理。それぞれの家庭の事情やまわりの人々とのかかわりのなかで、自分の町を見つめなおす二人。独特の空気をもつ町で生きる多感な少女たちの成長と友情をみずみずしく描いた物語。